星と泉 *Hoshi to Izumi*

第26号★目次

投稿作品

切腹五回、首切り二回

八〇歳の癌克王《がんこくおう》、病いとの付き合い方

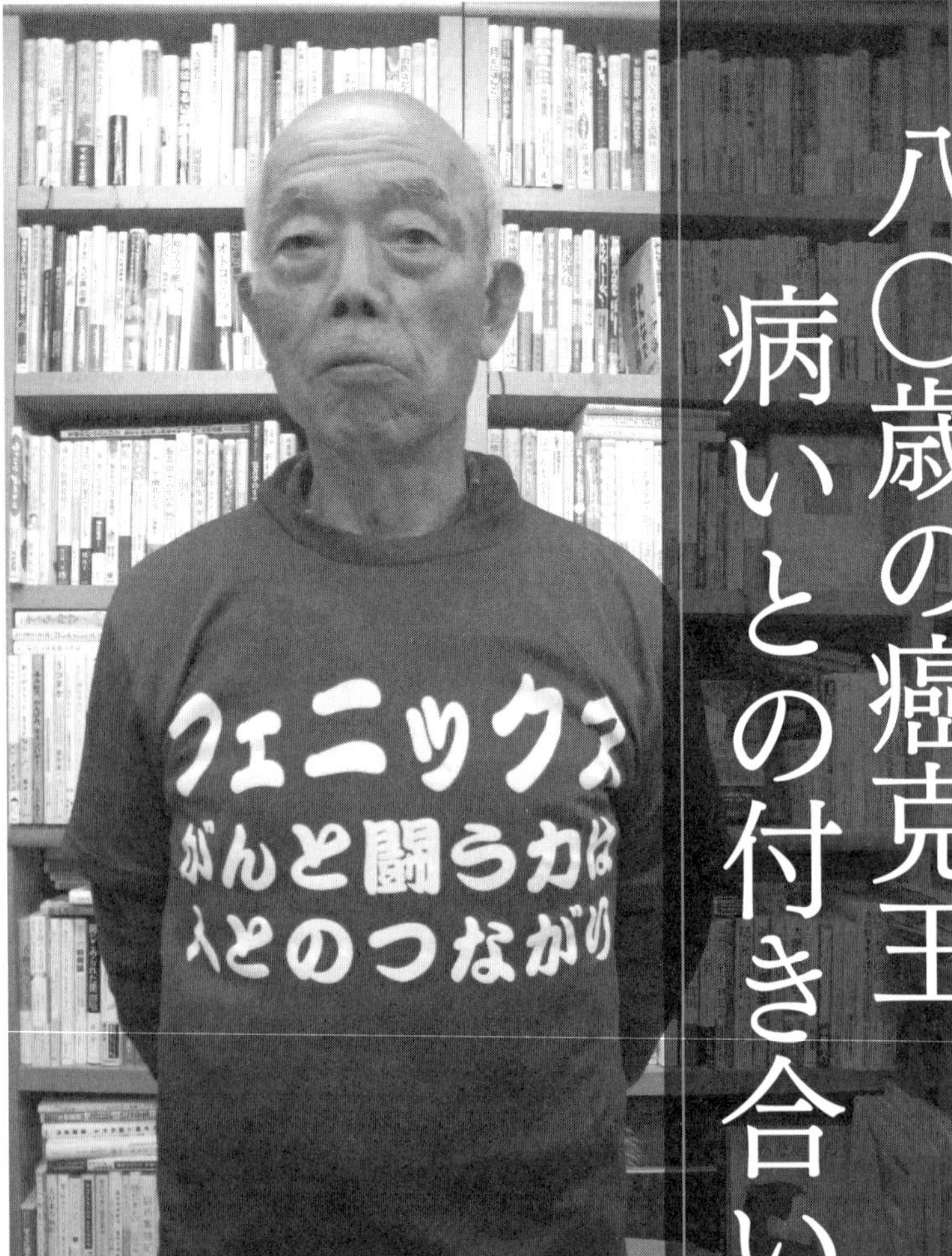

癌克王

明路《めいじ》 英雄《ひでお》さん

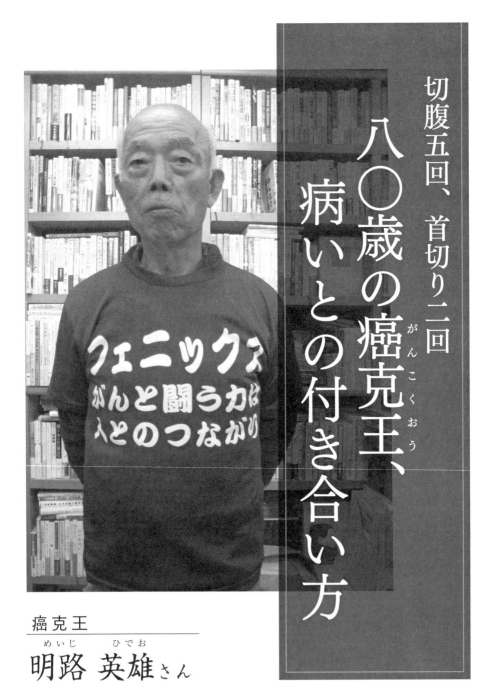

「癌克王　切腹５回　首切２回」。明路英雄さんが愛用しているＴシャツの背中には、こんな文字が刻まれています。これまでに肝臓癌摘出や、甲状腺癌摘出などで計七回もの手術を経験してきた明路さん。三十二歳の時に初めての癌を発症して今年で闘病生活は四十八年。壮絶な半生とは裏腹に、朗らかで前向きな明路さんに、闘病の様子やそこから得たものなどについてお話を伺いました。

十五年も生きられる

——初めて癌宣告を受けたのはいつですか。

明路　三十二歳の時ですから、一九七一年のことです。最初、首のところにニキビのようなしこりが出き、それが米粒、ラムネの玉、パチンコ玉ぐらいへと大きくなっていきました。親戚の医者に診てもらっても、「ただの脂肪だから心配ない」とのこと。でも、半年ぐらいで急に、ピンポン玉からテニスボールへと大きくなって、病院に行きました。

——その時に告知されたのですか。

明路　いいえ、その時は告知されなかったのです。ただ手術で声が出なくなるかもしれないということだけを言われました。だから手術の麻酔から目が醒めて、先生から「どうですか」と聞かれ、「はい、大丈夫です」と声を出して返事をした時は周りから大きな拍手をもらいました。しかし、その後、手帳をもらった時にそこに甲状腺腫瘍と書かれてあり、「先生、腫瘍って何ですか」と聞いたのを覚えています。そこで、初めて自分は癌だったということを知りました。

——当時の心境はいかがでしたか。

明路　それが手術は成功でしたし、あまりショックはありませんでした。「これから十五年間、ホルモン剤を飲み続けなさい」と言われ、反対に「十五年も生きられるんや」と思ったほどです。

「やらなければいけない」リスト実行

——もともと精神力が強いんでしょうね。その後の闘病生活はどうでしたか。

明路　仕事にも復帰し、名古屋、仙台へと転勤しました。その間もホルモン剤を飲み続け、東北大学付属病院で完治したとの診断がもらえました。

しかし、五十二歳の時に今度は肝臓癌に罹ってしまったのです。C型肝炎からの発症でした。ほら、転勤先の東北って寒いでしょう。寒さを紛らわすために地元の人もそうするのですが、お酒をよく飲むんです。私も飲みました。すると悪酔いして夜中に噴水のように嘔吐するんです。そこで病院へ行くと、肝機能が低下している、と。治療の注射を打ちながら酒を慎みましたが、会社の集団検診のエコーで引っかかってしまいました。大宮の赤十字病院に検査で二週間入院しましたが、入院三日目には妻が病院に呼び出され、私が肝臓癌であることを知らされたそうです。それで、「ご主人に告知をしても大丈夫か」と聞かれたそうです。

結局、私は告知を受けたのですが、その時はもう駄目だと思いました。癌＝死だと考えましたね。そこで、まず何をやったかというと、「やらなければいけないリスト」を作ったのです。「やりたい」ではなく、「やらなければいけない」です。それの一番目が仕事です。そして二番目が自分の家を建てることでした。

——そのリストは実行できたのですか。

明路　はい。まず仕事では、当時、大宮営業所のオープンを任されていました。それを実現させ、営業所の披露パーティーが開催された翌日に、治療のために休職しました。

家のほうは、転勤族だったために建てていなかったのですが、自分がいなくなった後に妻や子供達が住める家がほしいと思い、会社の夏休みに転勤先の東京から実家のある大阪へ戻って住宅の契約をしました。

――そして、入院したのですね。

明路　そうです。入院して、肝臓癌摘出手術とインターフェロン治療を行いました。このインターフェロン治療がつらくて、つらくて。三日に一回、注射するのですが、そのたびに四〇度ぐらいの高熱と震えが半日治まりませんでした。毛も抜けて食事も摂ることができず、体力が失われました。五十本の注射をしたのですが効果がなく、あと五十本やると言われた時、断りました。「家に帰って死にたいから」と、当時高校生と大学生の息子二人に肩を支えてもらいながら退院しました。家でも寝たきりで、一週間に一回血液検査。

でも、ある日、シャキッと目覚めがよく、あれ？と思いました。血液検査をしてみると、腫瘍マーカーの数値が下がっているじゃないですか。そして、なんと一ヵ月後には数値がゼロに。インターフェロンの効果でした。医者からは「あとは自分で治しなさい」と言われ、酒は死ぬまで飲まないと決めました。さらにスポーツクラブに毎日通い、プールの中を歩いて体力回復を図りました。するとお腹が空いて食事が摂れるようになり、眠くもなる。こうやって自然と体力がついてきました。一年半後には仕事復帰もできました。

――その後、五十六歳で頸部リンパ腺癌摘出手術、五十八歳で肝臓癌摘出と腸閉塞の手術、六十三歳と七十五歳で再度、肝臓癌摘出手術と受けました。これまでを振り返って、一番つらかった経験はなんですか。

明路　やはり、五十二歳の時の肝臓癌摘出手術ですね。終わった後、集中治療室で三日目に目を醒まし、一週間後に個室に入りました。十日目にやっとベッドから降りられるまでに回復しましたが、その間、点滴のチューブ六本、ドレーンパイプ六本につなげられ、じっと寝てなければいけませんでした。その時に、いろんな夢を見たのです。三途の川を渡って、すでに死んでいるはずのお袋に「帰れー」と言われたり。そんな夢ばかり見て、つらかったです。

リレー・フォー・ライフで希望が湧く

――闘病生活は今年で四十八年、再来年で五十年となります。その間、さまざまなことがあったと思いますが、明路さんにとって闘病の支えとなったものはありますか。

明路　リレー・フォー・ライフが支えの一つになっていますね。リレー・フォー・ライフは一九八五年、アメリカで一人の医師がトラックを二十四時間走り続け、アメリカ対癌協会への寄付を募ったのが始まりのイベントです。私は、その時のビデオをＮＨＫのホールで初めて観て、アメリカの癌患者がみんな笑顔でいることに驚きを覚えました。

そこで、日本でもやろうということになり、二〇〇七年に芦屋で開く時に副実行委員長として参加しました。

――初めて参加した時はどのような感想をもちましたか。

明路　参加者みんなが笑顔でしたね。それまで自分が癌であることを誰にも言えずにいましたが、「隠す必要はないんだ、受け入れてもらえるんだ」と思えて安心感をもちました。さらに、今後の治療も必ず乗り越えることができるという希望が湧いてきて、涙が止まりませんでした。その後、二度の手術を経験しましたが、毎年実行委員長として、一人でも多くの癌患者に胸を張って生きてもらうため、リレー・フォー・ライフの活動を続けています。リレー・フォー・ライフの活動を通していろんな人々と知り合い、視野が広がり、さまざまな勉強会やフォーラム、公開講座などへ行くようにもなりました。リレー・フォー・ライフは出会いの場にもなりました。

リレー・フォー・ライフ・ジャパン芦屋にて（2016 年）

――癌になって得たものはありますか。

明路　仲間と家族との絆ですね。

仲間は、リレー・フォー・ライフの活動を通じて広がった友人であったり、エアロビクスの仲間であったり、あと学校の同級生との関係も深まりました。大阪大学付属病院に入院している時に学生時代の友人達が見舞いにきてくれ、健康のために月に一回、六甲山を歩こうという会を作りました。すでに二百回も開いていますが、当初は四十人いたメンバーが今では十人に（笑）。それでも今でも続けています。

あと、家族との絆ですね。私が発症した時、息子達はまだ学生だったんですが、私の弟が自分が息子達を大学まで行かせてやると言い出してくれ、それがとても嬉しかったです。

絶対に諦めない、しぶとく生きる

——同じ境遇の癌患者さん達へ、何かメッセージはありますか。

明路　まずは、絶対に諦めないことです。人間、一生は一回きりです。五年後生存率などというのがありますが、人間はオギャーと生まれたら、一〇〇%死ぬことが決まっているんです。だから、すべてのことに関して前向きに考え、すんでしまったことについてはいつまでもくよくよしない。粘ってしぶとく生きていれば、医学は進歩してきます。諦めないことです。

それと主治医をはじめとした医療従事者と仲良く、いい関係を作っていくことです。たまに短気を起こして病院を変える人を見かけますが、そうではなく、研修医などは育ててあげるぐらいの気持ちで付き合うことをおすすめします。

私は、医療従事者の方々に感謝の気持ちをもって接しています。転勤をよくしていましたが、そのたびに転勤先の病院の先生方がうまくバトンタッチしてくれて本当にラッキーだったと思っています。この感謝の気持ちを忘れずに、現在私がどんな活動をしているかメールでこれまでの担当の先生に報告しています。お返事をくれる先生もいらっしゃいますよ。看護師さんにも退院して三日以内にはお礼の手紙を書いています。

——それは、すごいですね。最後に、目標などがあれば教えてください。

明路　今年で八〇歳になります。これまで体力の衰えを防ぐために、腹八分目に食事したり運動したりして自分なりに努力をしてきましたが、ここまで長生きができて本当に嬉しい。ただ、残りの時間が短くなってきているのは明白なので、一日一日を大切に生きていきたいと思います。そして、家族や世の中の人に少しは喜んでもらえるようなことをしていきたいですね。

——本日は貴重なお話をいただき、ありがとうございました。

第２回闘病記フェスティバル（2018年）での講演の様子

［プロフィール］　明路《めいじ》　英雄《ひでお》さん

一九三九年、大阪市生まれ。自動車部品製造会社に入社後六〇歳で定年退職するまでに、結核性リンパ節炎にはじまり、甲状腺癌、肝臓癌、頸部リンパ節癌などの手術を経験する。その後も入院手術を重ねる壮絶な闘病人生。しかし「フェニックス　がんと闘う力は人とのつながり」と書いたオリジナルＴシャツを着て、全国のリレー・フォー・ライフ・ジャパンに参加。癌患者やその家族に寄り添い元気と勇気を与えている。

［主な病歴］

一九五六年　十七歳　結核性リンパ節炎
一九七一年　三十二歳　甲状腺癌摘出手術
一九七二年　三十三歳　直腸癌の疑いで手術、結果は痔ろう
一九九一年　五十二歳　肝臓癌摘出手術とインターフェロン治療
一九九五年　五十六歳　頸部リンパ腺癌摘出手術
一九九七年　五十八歳　肝臓癌摘出手術と術後腸閉塞で再手術
二〇〇二年　六十三歳　肝臓癌摘出手術
二〇〇九年　七〇歳　不整脈、心臓カテーテルアブレーション
二〇一四年　七十五歳　肝臓癌摘出手術

マキの ゆるゆるそわか

おちらと出雲路3

◉旅人◉

マキ（語り）

カズ（写真）

消費税増税前に、銀行のキャッシュカードを電子マネーとして使えるようにした。生活費を口座に入れておいて、コンビニでピタッ、スーパーでピタッと、毎日快適キャッシュレス生活。のはずが、薬局での支払いで、現金が必要となり、あわててATMへ走る。

新しもの好きでせっかちには、電子マネーはぴったり。小銭を探したり、釣銭をもらったりする手間もなく、ちゃっちゃと買い物できて、ホントに便利なキャッシュレス生活。ただ、使うごとに、いちいち金額と支払先がパソコンに通知され、家人にすべて筒抜けである。

＊おちらと（出雲弁で、ゆっくりと、のんびりと、の意）。

＊ゆるゆるそわか、とは、労をねぎらう言祝ぎ（おつかれさま。どうぞおくつろぎを）と理解していただければ。

この夏から、ＮＨＫ総合テレビの夕方の時間帯で、連続テレビ小説「ゲゲゲの女房」の再放送が始まった。激動の昭和を時代背景に、「ゲゲゲの鬼太郎」で有名な漫画家、水木しげる夫妻の劇的な人生と二人の絆を描いた物語。本放送がなされた当時は、大きな反響を呼び、同時間帯の他局の番組がまったく太刀打ちできないほどだったと記憶している。今回、ヒロインの実家は、島根県安来市で、出雲弁でしゃべっていると知り、水木しげるの実家があった鳥取県境港市は、安来から北へわずか二十キロほどのところとわかり、以前より興味深く拝見している。令和時代に入ってはや五か月の今日、かの地はどうなっているのだろうか。ということで、おちらと出雲路、安来からスタート。

●ゲゲゲの女房のふるさと（島根県安来市）

十月末のとある休日、出雲市から国道九号線（通称だんだん道路）を東へ走り、安来へやってきた。

午前九時一五分。足立美術館には、すでに観光バスと自家用車が停まっている。出雲からちょうど一時間、トイレ休憩をしようと、美術館の隣の安来節演芸館へ向かう。以前、どじょうのかき揚げがおいしかったのを思い出す。本館手前の展示場に、ＮＨＫ朝ドラ「わろてんか」で紹介された安来節、と案内があるのを見て、カズさんが、知らなかったと驚いている。いやいや、この前来た時に、その話してましたやんか、と半ばあきれつつ、入口を見ると、現在は、朝ドラ「ゲゲゲの女房」パネル展を開催していた。さすが観光地、とタイムリーな対応に感心してしまう。が、カギを開けに来た職員の方に、演芸館の営業は一〇時から、と告げられる。ただし、パネル展（入場無料）はもう見ていただいてかまわない、とのこと。

　決して広くない展示場の、壁、ガラスケースをいっぱいに使って、台本、写真、年表など撮影当時の資料が展示されていた。台本の日付を見て、二〇一〇年春から半年間にわたり放送がなされたと知る。今回は十年ぶりの再放送ということになる。スチール写真は、ヒロイン布美枝の実家で行われたお見合いのシーン。茂が、吸い物に口をつける、あの瞬間だ。

「そうそう、このシーン。吸い物に手をつけたら、この話、進めてくれという、茂から両親へのサイン！」とても印象的な二人の出会いだった。カズさんは、

「スターラーメンやて……ちょっと、まんぷくラーメンに似てる?」と実際に撮影で使われたとある即席麺の小道具を指す。

「あ、それは、布美枝が結婚前に百貨店で試食販売を手伝った時の。どんくさい失敗ばっかりして」と、興奮して説明してしまう。他に、当時、地元で開催されたトークショーの写真パネルなどもあった。よくぞ今日まで大切に保管しておかれたことだ。テレビドラマなんて、すぐに忘れ去られてしまいがちなのに。十年前の資料を前に感慨深い気持ちになる。

台本なども展示

「ちょっと先に、広瀬の方へ行ってきます」と言うと、表にいた別の職員の方は、広瀬と、さらに水木しげるの妻、武良布枝さんの実家への道も教えてくれた。かつて実家を訪ねる人はよくいたが、今、再放送されていることは知らなかったという。まさか、ご当地島根では放送されていないのか。ともかく、ご親切にありがとうございます、と礼を言い、心の中で、演芸館は、また今度、とお詫びする。

　広瀬というのは、松江に城が移る前の時代まで、古く城下町であったところである。鎌倉時代から戦国時代にかけ

て、出雲地方の政治文化の中心であったこの地には、歴代の出雲国の守護が住み、出雲国を統一した戦国大名尼子氏は、ここを根拠地として月山富田《がっさんとだ》城を築いた。その後、関ヶ原の戦いを経て入城した堀尾吉晴が、防衛上と経済的な理由から、出雲地方の中心を松江に移し、松江城を築城してから、町は一気に衰退したという。さらに、一六六六（寛文六）年の大洪水により、城下の大部分が壊滅してしまった。

城下を呑み込んだという富田川（飯梨川）沿いに車を走らせると、見たことのある懐かしい気分になる。刈り入れの終わった田には、小さな稲掛けが並ぶ。畑の脇の木には、真っ赤に、たわわに実った柿。奈良で見たような、伊勢に来たような、日本の、里の秋。富田川の西を流れる川の支流を奥へ入って行くと、八幡宮がある。このあたり一帯が現在の広瀬の中心部のようだが、ここは氾濫前の富田川が流れていたところであるとのこと。その中に、河井寛次郎の本に出てくる伝統の窯元があった。残念ながら、しばらく休みます、との札があり、傍らの大きなざるには、ご自由にどうぞ、と庭の柿が積まれていた。向こうにのぞく大きな登り窯をそっと拝む。

一国一城令により、今から約四百年前に役目を終えた富田城、城跡は国指定史跡になっている。ここへ来る途上、小高い山（月山）の頂が平らになっていて、松だか桜だかわからないが大木が数本伸びているのが何度も目に入った。それが、あまりにはっきりと、問近に見える気がするので、ちょっと登ってみようかと、ふもとの道の駅へ立ち寄った。

十時十分前。安来市立歴史資料館は開いていない。隣の建物は、開店十分前にもかかわらず、入口のドアが開けられていた。最近、城跡を紹介する番組で富田城が取り上げられたとの掲示がある。だからなのか、十台ほどの車が駐車場に停められ、二、三人の若いグループをはじめ、数組の観光客がたむろしている。

中に入ると、織機が十台近く並べられ、説明係と思しき人がスタンバイしていた。この地域の伝統工芸である広瀬絣を今に伝える資料館、広瀬絣センターであった。藍の色合い美しい作品が、数多く展示販売されている。大きな作品には、ベストやワンピース。棚には、ブックカバーや手提げなどが並ぶ。その中で、小さいが、縞模様が鮮やかでひとつひとつ柄行きが異な

広瀬絣コースター

るコースターを手に取る。

もう一つ、広瀬で有名なのが、和紙と聞いていた。便箋や葉書が並べられている。便箋は予想以上に、どれも薄い。当たり前だがやはり、毛筆で書くのを前提に作られているのだろう。普段使っているペンでうまく書けるかどうかわからない。試し書きができればいいのにと思う。一束千円以上するとなると、ただ記念に買うというのはもったいない気がする。もちろん筆書きする自信は毛頭なく、あきらめる。伝統工芸品が身近にある生活を夢見るものの、それは伝統的な生活の実践の上にこそ成り立つものである。

謡本を毛筆で書写し、和綴じにしている先輩女性のことを思い出した。和紙はいいのよ、比べてごらんなさい、ほら、と言われ、上質紙にコピーされ綴じられた謡本と持ち比べてみた。同じ枚数でも、和紙の方が断然軽い。彼女曰く、年をとってくると、紙一枚でも重くなってくるのよ。本当に、昔のものはよく考えてあるわね……。

広瀬絣のコースターを求め、レジで城跡への登り方を尋ねる。車から見えた平地は、二の丸のあたりだという。今いるところからもう少し先まで車で登ることができ、そこから歩いて約三十分。途中、七曲りという難所があるが、舗装はしてあるので、パンプスなどでなければ大丈夫、とのこと。

言われたとおりカズさんに伝えると、

「うーん、それは、われわれには一時間ほどの登山やな」

どんどん山を目指して行く人々を見送り、武良布枝さんの実家へ向かう。

そのかみの城下を底に川澄めり　　マキ

今度は、富田川（飯梨川）と同じく、中海へと注ぐ伯太川をさかのぼり、ゲゲゲの女房のふるさと、大塚町へやってきた。観光連盟の案内地図を頼りにやって来たはいいが、民家の立ち並ぶ普通の町の一角である。想像はしていたが、観光地ではないので、当然ながら駐車場が見当たらない。農作業やお出かけなどで表を歩く人たちの邪魔にならないよう、写真だけ撮ることにした。車はカズさんにまかせ、筆者が車を下りて実家まで歩くことに。

両端を地蔵堂と薬師堂に守られた、二百メートルほどの通りに、武良布枝さんの実家があった。江戸時代に建てられたという薬師堂だけでなく、立ち並ぶ家はどれも古めかしく、ところどころに、立て札があり、名医の生家などと説明がなされている。中でもひときわ間口が広く、何枚ものガラス戸が通りに面した日本家屋に、「ゲゲゲの女房の生家」という看板を発見、急いで写真を撮る。晩年の水木しげる夫妻を描いた記念撮影用のパネルもある。この家の前だけ、ロケのセットのようににぎやかである。ふと、ドラマでは実家はたしか酒店であったな、と思う。もしかして、これ、セットではなくて、本物かしら、とガラス越しに一升瓶が並ぶケースを眺める。そっと、ガラス戸に手をかけると、開いた。同時に、それに反応して、呼び鈴が繰り返し鳴り始める。

　ほどなく、奥から、女性が現れた。

「突然失礼いたします。ゲゲゲの女房を見て、参りました」

　ちょっと、どきどきして、うまく話せない。ドラマの世界の扉が開いたような、不思議な感覚に包まれる。感激のあまりちょっと泣きそうになる。

「そうですか」

「あの、家の前の写真を撮らせていただきました」

布枝さん生家（奥に薬師堂）

「結構ですよ、どうぞ」ありがたいことに、こういう来訪には慣れておられるようだ。

「あの、車で来たのですが、どこに停めたらいいでしょうか」

　短い間なら、家の前に横づけしていいということになり、大慌てで、カズさんを呼びに、地蔵堂の手前まで走った。

　このあたりは、松江藩の支藩、母里《もり》藩へとつづく街道筋にあり、かつて宿場町として栄えたところだという。布枝さんの生家は、酒店の前は呉服店を営んでいたと、応対してくれた義理の姪御さんが語る。

「わたしは布枝おばさんの兄の、子の、嫁です」

「お兄さん、お店の場面にいないですよね。酒屋では、いつもお父さん（役）の大杉漣さんと、弟（役を演じる）の星野源さんが働いていて」

「父（布枝さんのお兄さん）は、教師をしていたので、定年するまで酒屋の仕事はしてなかったんですよ」昨年、亡くなられたという。

　店の間の奥に見える、仏間、茶の間まで、ドラマそのままだ。なんでも、当時ＮＨＫのスタッフが訪ねてきて、詳細に写し取られたという。

「お見合いは、この家で、でしたよね？」

「あの、ストーブは、本当にあった話だと、叔母から聞きました」

　ドラマでは、お見合いの際、背の高さを隠すため、決して立ち上がらないよう強く言われていた布美枝（松下奈緒）。が、父では座敷の石油ストーブがなかなか点火できず、とっさに立ち上がってしまうのだ。はっとして、一座気まずい空気になったところ、茂（向井理）が代わってストーブを点けに行く。それを見て、布美枝は子供のころの出来事をふと思いだす……。あれは、本当にあった逸話だったとは。「でも、妻になる人のことを、一反木綿だなんて……」ちょっとひどいですよねえ、と、つい、姪御さんに同意を求める。実際の布枝さんは、一六二センチだそう。今ならそうでもないけれど、戦後間もない時代にはねえ。一五五センチ以上あったら「大女」と言われたと聞きますもんね、と店内に飾られている最近の布枝さんの写真を眺める。

かつて酒屋に欠かせない道具だった、一升瓶に蓋をする打栓機を前に、出演者が練習していたこと、水木しげる画業六十年の折に描かれた鬼太郎の額がこの家にもたらされた由来など、ドラマや水木夫妻にまつわる話をいくつもいくつもうかがった。二人の物語は映画にも、舞台にもなったそうだ。それらを見て、現実のことと混乱している、似たような訪問者に、それこそ何回も何回も同じことを聞かれ、同じような反応をされたであろうに、姪御さんはとても親切に丁寧に話してくれた。昔からの知り合いと話すように、自然に語り、一緒に感応してくれる、素敵な方だ。生家や、布枝さんと一体になった語り部のような。

三十分近く話を聞いただろうか。最後に、せっかくなので、生家限定販売の吟醸酒を分けていただくことに。二種類あるラベルのうち、一反木綿と目玉のおやじが描かれたものを購入。もう一つのラベルは、「人生は、終わりよければすべてよし」なる格言が布枝さんの手で書かれたものだった。きりりと美しい金色の文字を目にして、思わずこみ上げてしまう。ずっと自分にこう言い聞かせながら、日々懸命に生きてこられたのだろうか、それとも、いろいろ大変なことを乗り越えてゆけば、この境地に行き着くことができるのか。なにかと迷い多きこの頃、布枝さんからの貴重なアドバイスが突然、降って来たようだった。

「ありがとうございました」とお釣りを渡される。

「ドラマに出てくる、だんだん（ありがとうの意）、って、安来では言います

生家限定ゲゲゲの夫婦酒

か？出雲では一度も言われたことがないんですが」買い物のたび思うのだ。

「言わない、ですね。出雲のことばと安来のことばはちょっと違いますけれど、ここでも、だんだん、って使わないですね」

「おばあちゃんが言うような、もう、昔のことばになった」

「そう、かもしれません」

名残惜しく店を出た。

酒肆に聞く家族の話　秋うらら

マキ

ＪＲ安来駅方面へ向かう。駅の西側の踏切を越え、線路の北側を東へ走る。

「覚えてる？この道」とカズさんに聞かれるが、河井寛次郎の生家跡碑を確かめる間もないうちに、駅の東側の踏切を今度は南に渡り、生家跡を教えてくれたところへ着いた。錦山焼《きんざんやき》窯元だ。

前に車を停め、展示場をのぞこうとしたが、鍵がかかっている。と、すぐに隣の家の戸が開いて、以前お会いしたおかみさんが出てきた。昨年買い求めた飯碗のお礼を言う。以来、特急やくもに乗って、安来駅にさしかかった時には、いつも、車窓からここの窯元の看板と大きな登り窯を眺めているのです、と。

われわれのことは、さすがに覚えておられないようだが、中を見せてもらう。前回、悩みに悩んだティーポットは、まだあった。しかし、あのあと、島根県西部、温泉津《ゆのつ》にある民藝ゆかりの森山窯で、イッチン（筒描き）の入ったティーポットに一目ぼれし、すでに我が家のレギュラーに加えてしまっている。新しい出会いはあるだろうかと、目はショーケースの器を追いながら、もう一度、呉須の飯碗を大そう気に入っていると伝える。と、「重いでしょ」と意外な返事。いえいえ、大きさの割には軽いです。大きい飯碗がなかなかないので、と使い勝手のよさ、さらに深い青色の美しさを褒めたたえた。が、うちは、むしろ辰砂《しんしゃ》という赤い色の方が特徴なのだ、とのこと。これは思う色を出すための火の加減が難しい色なのだと、湯呑を手に詳しい説明が始まった。そうそう、前も、こうやって、河井寛次郎の話を教えていただいたのだった。だが、これはこちらの好みの問題なのだろうが、辰砂のもので気に入る形がなく、どうしても青い色に惹かれてしまう。ふと、話をしている目の前の台の上にある染付の小鉢が目に留まる。手に取っていると、おかみさんが
「それ、重いでしょ。なんでそんなもの作るのかしらね」
「そうですか？なんだか、絵がとてもいいです」
見込みと呼ばれる鉢の内側には菊の花が描かれている。

写実的というよりちょっとデフォルメした素朴なタッチが愛らしい。もう一つ別の花模様のと二つ、分けていただくことにした。

ところが、ここまでよどみなく話していたおかみさんの表情が曇る。

「値段がついてないわ」。

今日は、息子が松江のイオンに出品しに行って、いないのだという。日頃から、値段を書いておくように言ってるんだけど、と困惑のごようす。聞いておいて、あとで連絡しましょうか、と言われるも、こちらも、いつまたやって来られるかわからない。今日はご縁がなかったと、あきらめて出直すことにした。

そうか、ここはもう、息子さんの代になっているのか、だから母として厳しい言葉が出るのか。前回同様、わざわざ車を見送りに出て来られたのを振り返りながら、なんだか微笑ましい気持ちになった。

●いざ、ゲゲゲの世界へ（鳥取県境港市）

昼近い時間になった。昼食は境港で、と決めて来たので、安来市の東隣、鳥取県米子市から、北へ向かってひた走る。休日にもかかわらず、道路は混雑していない。米子中心部を抜けると、視界が開け、ここまでの山がちな景色から一転、左は中海、右は美保湾の名勝弓ケ浜に挟まれた、明るい直線道路に出た。それにつれ、里の秋をしみじみ味わっていたのが、海沿いを車でドライブするような、わくわくした気分になってきた。地続きなのに、身も心も、ワープしたような感覚。これは、鳥取県と島根県の風土の違いなのか。それとも、もしかして、すでに妖怪ワールドに入っているのだろうか。

中央分離帯の看板にカズさんが気づく。影絵クイズというのか、ゲゲゲの鬼太郎に出てくる妖怪の姿が、影絵で描かれている。さらに先に行くと、その答えとして、妖怪の絵と名前が書かれた看板がある、というもの。これなら、家族で「なんだろう」と考えながら、楽しくドライブできる。影絵だけでも、どの妖怪かわかるなんて、さすが水木しげる、と感心しつつ、三つ四つ謎解きしながら先へ進む。

さらに、米子鬼太郎空港の手前にさしかかると、「メロディー道路」なるエリアにさしかかり、時速五十キロで、という案内がある。ひょっとして……とカズさんと耳を澄ませながら車を走らせると、鬼太郎のテーマの前奏が響きだした。「ゲ、ゲ、ゲゲゲのゲー……」地の底から湧き上がるように聞こえてくる音楽に合わせて、愉快に歌い、走る。この間、急いで追い越して行くような車もなく、前後の車も、きっと同じように楽しんでいるとわかる。そして、いつの間にか、車は境港市内に。三百メートルほどの、素敵なアトラクションだ。

　一反木綿の影絵のところで右折すると、右折した先に答えの絵看板が。さらにしばらく北へ走ると、弓ケ浜半島の北端にある、境港水産物直売センターに着いた。

　正午過ぎ、直売センターは、地域の小学生らしい子どもたち、外国人のツアー、家族連れなどの先客で、すでに賑わっていた。平屋の建物の、外に一軒、中に一軒、食事できるところがあるようだ。市場の中へ入ると、日本有数の漁港というだけあって、美しく、見るからに新鮮そうな魚介が並ぶ。中でも、日本一の漁獲量を誇るベニズワイガニが、色鮮やかに並べられているのがひときわ目を引く。三千五百円、などと大きな値札が載せられている。海藻などの乾物や、土産も豊富に揃えられている。今なら、のどぐろの干物を値引きするよ、持ち帰りも、発送も、どちらでもできるよ、さあさあ、お客さん、と威勢のいい声。

　しかしながら、のどぐろは、出雲の特産を、刺身で、煮つけで、さんざん味わっている。さらに、蟹取（かにとり）県ウェルカニキャンペーン中の鳥取県には誠に申し訳ないが、季節外れの暖かさのせいか、今日、われわれはカニを食す気分ではない。ということで、少し道を戻り、境港さかなセンターへ。

　弓ケ浜から台形に突き出した、埋め立て地であろうエリアに、ランドマークの夢みなとタワー、それに並んでさかなセンターがあった。目の前の駐車場の隣では、旅客ターミナルが建設中である。国内外への旅客船が発着する新しい港になるのであろうか。

　午後一時、弓ケ浜を南に望むことができる食事処に入る。

境港さかなセンターと夢みなとタワー

さかなセンター前のオブジェ（ねずみ男）

まぐろ丼

大海老天丼

境港は、マグロも特産であると聞いてきたので、マグロ丼と、大海老天丼を注文。きれいな赤身のマグロはなめらかな舌触りで美味。大海老は、さっと軽く揚げてあるようで、身も味噌もやわらかいままに、脚はポリポリと平らげた。気温は二十度を超えており、店内は冷房が効いている。窓の外の公園では、多くの人が釣りを楽しんでいた。

同じく台形のエリアの中に、観光バスや車でいっぱいのところがあったので、車を停める。大漁市場なかうら、という、観光客向けのショッピングセンターだった。入口に、蟹を抱えた、巨大な鬼太郎の石像が建てられている。外国でも人気があるのか、記念撮影をする人が続々。表では、地場産の梨、大根、柿などが販売されている。店内の売り場のメインはもちろん海産物で、半分以上を占めている。あごの焼き(ちくわ)などの加工品や、冷凍食品のワゴンもある。さらに、鳥取産の銘菓、飲料、ご当地ゆかりの土産品なども一通りそろっている。ここでお土産をいろいろ買って、自宅に送る手配をすれば、そのまま身軽に米子鬼太郎空港へ向かうことができるような、そんな便利な場所に思えた。中にはさらに、水木しげる本人が訪れた際の写真と、求めに応じて即興で描いたと思われる鬼太郎の絵とサインが飾ってあった。ねずみ男像と握手する水木さんの写真にクスリとした。

大漁市場なかうら（鬼太郎石像）

二丈余の鬼太郎笑ふ秋高し　マキ

寄り道を楽しみつつ、午後二時、水木しげるロードに着いた。ここへ来るのは二度めである。五月の半ば、かの、十年に一度の船神事松江ホーランエンヤ（詳しくは、前号をご参照）の折にカズさんの両親と訪れたのである。夕方の短い滞在だったが、多くの子ども連れの家族が楽しむのに交じって、高齢の両親のあまりにうれしそうなようすにびっくりしたのだった。

　ＪＲ境港駅から東へ八百メートル伸びる水木しげるロードの東端に車を停めて、駅の方へと歩く。この間に、妖怪のブロンズ像が一七七体設置されている（二〇一八年六月現在）。遠目に見ると、地方によくある、昭和の頃からある商店街である。だが、水木しげるロードと書かれた商店街のアーチをくぐると、店先のあちらこちらに行列があったり、人だかりができていたり。その人の群れの一つに吸い込まれるように行くと、水木しげる記念館があった。砂かけ婆と、鬼太郎の着ぐるみが表に出てきていた。大きな頭の砂かけ婆を囲んで写真撮影をしている。鬼太郎の前には、一緒に記念撮影をしたい家族が並んで順番を待っている。テーマパークや、ショッピングセンターの催しで、登場したキャラクターに対して上がるような奇声や掛け声などは聞かれない。鬼太郎も、砂かけ婆も、静かな、あたたかい笑い声と、ほのぼのした空気に包まれている。

水木しげるロード（境港駅方面を望む）

　記念館の向かいから

「はーい、この、一反木綿タオル、三年ぶりの販売ですよー」

という声に振り返る。

　見ると、呉服店の店主らしき男性が、道行く人を店内に呼び込んでいる。婦人物の衣料の掛けられたラックが店先の端にあり、真ん中のワゴンに、トランプなどさまざまな鬼太郎グッズが置いてある。いろいろある中で、なぜ、あんなに、一反木綿タオルを売ろうとするのだろう。ちょっと気になり見本に触れてみる。ふわふわとやわらかい。長さもあるが、一反木綿の形に忠実に、裾が逆三角にすぼんでいる。

水木しげる記念館

手前にある、手拭の方が使えるかなと思い、店内へ。

　鬼太郎がねずみ湯に浸かる絵手拭の支払いをしながら、レジの横を見ると、この店の前で撮られた水木しげるの写真が。聞くと、記念館のオープンの時のものだという。水木さんの実家は、ここから五分くらいのところにある、今は水木プロの事務所になっているとのこと。午前中に安来の布枝さんの実家に行って来たと言うと、それなら、と、カウンターに置かれた、小ぶりの藍染めの商品を指さされる。一反木綿が白抜きになっている、なんとも不思議な存在感のあるブローチである。

「このあたりは、昔、伯耆国《ほうきのくに》とか伯州と呼ばれてましたけど、木綿の産地でね、布地はその、伯州綿《はくしゅうめん》を使っていて、そこへ、安来の伝統の染屋さんが藍染めをしています」

「わあ、水木さんの故郷と布枝さんの故郷のコラボなんですね」

「この商品は、当店と、観光案内所でしか売ってません」

ねずみ湯の手拭

一反木綿のブローチ

　丁寧で、熱のこもったセールストークに押され、買い求めた。さすが、呉服屋さんだけあって、鬼太郎グッズの中でも、タオルや手拭、地元特産の綿製品などを専門に扱っておられるということか。そういえば、鬼太郎の下駄を大小取り揃えた店も、れっきとした履物屋さんだ。本業のついでというより、まさに本業で水木しげるロードの賑わいを支えている。

　通りに並ぶブロンズ像の妖怪たちは、大小さまざまで、すぐにわかるおなじみのキャラクターがいるのはもちろん、台座にある名前を見てもピンとこない、初めて目にするものも結構ある。前回は、母が猫娘を探し回って記念撮影。父は、べとべとさんに形があったなんて、透明だと思ってた、と、まん丸い形の像を見て感慨深げだった。夜道にその気配を感じたら、「べとべとさん、お先へどうぞ」、と言って先に行かせるのだ、と、われわれに教えてくれた。それは知識というよりも、父の思い出を聞くようだった。父の心の奥深くにしまってあるものが、ふっと浮かびあがってきた瞬間を見た気がした。

　水木しげる文庫は、残念なことに今日は定休日。水木しげるの「河童大戦争」なる漫画が欲しかったのだが。五月に「妖怪大百科」（小学館）を求めた時、店主から、先週の十連休は大変だった、お盆の頃を上回る、ものすごい人出

水木しげる文庫

だったと聞いたのを思い出す。なんでも、十日間で計四十三万人もの観光客が訪れたというのだ。現在、テレビアニメが放送されていることも影響しているのだろうか。先ほどの呉服屋さんによると、足立美術館などの帰りに立ち寄った大人たちが、楽しかった、今度は、孫を連れてくる、といって帰れるという。世代を超えて心に響く力があるのは、鬼太郎の漫画なのか、それとも、古くから伝わる妖怪それ自身なのだろうか。おそらく、両方である。というか、妖怪の持つ神秘性、魅力を漫画に昇華させて生まれたのが、ゲゲゲの鬼太郎なのだ。そこへ、昔なつかしい商店街が、鬼太郎ワールドを楽しめる格好の舞台となっている。

　テーマパークと違って、なにか強烈な刺激を求めるために来るところではない。あくまで、日常の延長線上にある感じを抱いたのは自分だけだろうか。日曜日に、おばあちゃん家へ行って、一緒に買い物するようなイメージだ。三世代による、商店街ぶらぶら歩き。道中、おなじみの妖怪たちのブロンズを眺めたり、触ったりして、互いに好きな妖怪の話をする。時折、妖怪をモチーフにしたお菓子や鬼太郎グッズを買ってもらえて、縁日のようなひとときを味わう。

水木ロード郵便局

　昨年の夏、二十五周年を迎えた水木しげるロードはリニューアルされ、夜間照明なども備えられたそうだ。また従来より、妖怪のブロンズ像を巡ってスタンプを集めると記念品がもらえるスタンプラリー、妖怪ポストや水木ロード郵便局から手紙を出すと、鬼太郎たちの風景印（消印）を押してもらえるというお楽しみも。小さな仕掛けを本当にたくさん用意してある。

　真面目に楽しめるかどうかは、おそらく、その人の心次第だろう。ということで、一つ、妖怪神社へお参りしてみることにした。樹齢三百年の欅と黒御影石を組み合わせた御神体は、なんとなく神秘的。碑には水木しげるの自筆で署名が入っている。そういえば、ロードのあちらこちらにサインが書かれたのを見かけるが、水木さんは、神社にも、商店にも、こうやって、一つ一つ魂を入れて行ったのではないかと思えて来た。

妖怪神社（鳥居が一反木綿）

　神妙な心持ちになって、表へ出ると、授与されるお守りなどの見本が展示されている。どこまでも本式だ。ふと思い出し、合格祈願の絵馬をいただくことにした。案内にある、隣のギャラリーに入る。学業成就はぬりかべの絵馬で、いかにも難関突破にふさわしい。レジで、受験生が東京にいることを伝え、代わりに絵馬を書いて神社に納めるべきかどうか尋ねると、そのまま本人へ送って、自分で記入してもらえばいいとのこと。最後に、店員の女性が二人声を合わせて「わたしたちも合格を心よりお祈りしております」と頭を下げられ、目頭が熱くなる。甥っ子よ、家族だけでなく、見ず知らずの人までも、あなたの合格を祈ってくれているのだよ。きっと、ここにいる妖怪たちも、ね。

　気温が二十四度まで上がる中、自虐的な攻めの路線に走る鳥取県を一躍有名にした、すばなコーヒーにて小休止。桜の葉が色づき始めた川辺を眺めながらコーヒーフロートを飲んでいると、どこの田舎町にいるかわからなくなる。

　が、店を出てロードに戻ると、たちまち妖怪ブロンズ像に迎えられる。たしか、ここは水辺だから、河童シリーズだった。写真を撮り続けるカズさんがこちらに向かって手招きしているが、その手つきが、ちょっとおかしい。どこかで見たような……そうだ、水虎《すいこ》像のポーズだ。河童の仲間で、川や海中に棲み、人を海中に引き入れて生き血を吸うという。筆

駐車場のトイレ（一反木綿）

者が近頃、河童に入れ込んでいるので、カズさん、水虎と入れ替わってしまったのだろうか。なんだかご機嫌のカズさんは、筆者を、北の海岸へとしきりに誘う。

海岸沿いの通りにも、ぬりかべと一反木綿が大きく描かれた公衆トイレの壁を見つける。カズさんは港に停泊する港湾警備の船舶に興味津々。傍まで行って写真を撮り、その大きさなどを目で測っている。かと思うと、今度は、まだ何も入港していないフェリー乗り場へ行き、周りの景色を眺めている。

二〇〇一（平成一三）年に建てられた、境港重要港湾指定五十周年記念碑を見つける。神戸港に次いで、一八九六（明治二九）年に開港。戦前には、中国の大連、朝鮮民主主義人民共和国の清津・元山、大韓民国の釜山との定期航路が開設され、大陸貿易の拠点であった、とある。

境港重要港指定５０周年記念碑

この先はもう、外海だったと思い出し、

「ここから、海外へ……」とつぶやくと、カズさんが、

「いや、ここから隠岐へ向かったはず」と首をかしげている。先日見た映画DVD「夢千代日記」（一九八五年、東映）。山陰の温泉町の芸者夢千代（吉永小百合）が、父殺しの罪から逃れるべく故郷へ帰った宗方（北大路欣也）を追い、隠岐の島へと渡る場面が印象的だった。そのフェリー乗り場ではないのか、というのだ。そうか、カズさん、映画のロケ地を見たくて港まで。でも、ちょっと違うような。もっと開けた景色だった気がする。

隠岐行きのフェリーの乗船口がある建物、みなとさかい交流館にも、水木しげるが手掛けた巨大な妖怪壁画が色鮮やかに掲げられていた。一階には市の観光案内所が入っていて、観光情報のほか、妖怪スタンプラリーのガイドブックも置いてある。二階の、まんが王国とっとりＰＲコーナーでは、

みなとさかい交流館（後ろがフェリー乗り場）

はまループバス

鬼太郎交番

「名探偵コナン」で有名な青山剛昌など、地元鳥取県出身の漫画家と作品の紹介や、子どもが遊べるコーナーがあった。四階には、風呂まであるらしい。

交流館の東にある交番は、愛称「鬼太郎交番」ということで、制帽をかぶった鬼太郎が、捕り物に向かうかのごとくユーモラスに描かれている。交流館の南は境港駅（鬼太郎駅）で、駅前はロータリーになっていて、鬼太郎たちが描かれた循環バスがやってくる。楽しそうで、降りるのを忘れてしまいそうだ。

午後三時二〇分ごろ。駅周辺がにわかにさわがしくなった。二三分発の鬼太郎列車が入ってきたのだ。ゲゲゲの鬼太郎のキャラクターたちの絵がラッピングされたこの列車、JR境線の境港—米子間を運行しており、米子駅（ねずみ男駅）で停車しているのをみかけたことがある。車体をこんな近くで見られるなんて、なんてラッキー。はやくも妖怪神社の御利益がもたらされたか。またまた泣きそうになるのをこらえて、こなき爺車両と砂かけ婆車両の二両編成に乗り込んだお客さんに必死で手を振った。

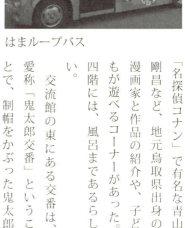

水木しげるロードを戻り、車へ戻ろうとしたのだが、そのまま歩いて、海岸沿いの、水木しげるの実家を目指す。地図にある、水木しげるが幼少を過ごした地の碑、を探しつつ行くも、なかなかたどり着かない。五分、というのは、車での所要時間だったのか。

こなき爺車両

砂かけ婆車両

ただ、水木しげるロードから離れても、居酒屋や食事処が結構あって、おさかなロードと名付けられた通りには、なかなかリアルな魚のオブジェが設置されている。観光客はこちらまで足を延ばすのだろうか、いやむしろ、港で働く人や船の乗組員や漁師たちの行きつけの場所か、と思い直す。

一五分くらい歩いたろうか、行き過ごしてしまったかと思った頃に、ようやく碑にたどり着いた。碑の後ろにある二階建ての一軒家には、水木プロダクション中国支部というプレートがあった。建物を背に、目の前の海岸、境水道を眺める。美保関へ渡された境水道大橋が間近に見える。隠岐、西之島と書かれた小さな漁船が停まっている。

水木しげるの実家は、古くは廻船問屋を営んでいたという。幼いころから、ここで毎日、船の発着や、荷揚げ作業を目にしていたことだろう。また、家のルーツが隠岐の武良郷にあるのではと考えていたらしいので、海の向こうの故郷に思いを馳せることもあったかもしれない。

木しげるが幼少を過ごした地の碑

美保湾への出口に立って、カズさんも、夢千代のロケ地はこのあたりかも、と納得していた。

と、ここでカズさんのスイッチが入った。帰りは、美保関へ渡って、島根県に入り、混雑するであろう松江城下を迂回して帰ろうと計画していたのだが、せっかくなら、島根半島の一番北側、海岸沿いを通って行こう、ということに。

「出雲浦の海岸を見ないでは、山陰道の海岸を見たと言えない、と、かの島崎藤村も勧められたとか」藤村著『山陰土産』を思い出す。

「そうやろ、『国来《くにこ》、国来《くにこ》』の現場を見ておかんと」

神話のふるさと島根半島（島根県松江市）

出雲国（島根県）は、四つの土地を引き寄せ、つないでできたものである。国のあまりの狭さを嘆いた八束水臣津野命《やつかみずおみつののみこと》が、新羅の方のあまった土地に三つ縒りの綱をかけ、「国来《くにこ》、国来《くにこ》」、と言いながら引っ張って、縫い合わせたのが、日御碕あたり。その際、離れないように、三瓶山に杭を打ち、綱の端を結び付けたという。今から向かう美保関は、最後に、北陸から引き寄せたという場所で、それをつなぎとめるべく杭を打ったところが、大山になったといわれている。「出雲の国引き」というこの神話、なんともスケールが大きく、かつ微笑ましいが、今、どれくらいの人が知っているのだろう。

境水道大橋を渡って北上し、山道を抜けると、島根半島の北側を走る道に出た。ただし、この道は海岸沿いというよりも、日本海に向かって出っ張っている、鼻と呼ばれる小さな岬の根元を走っている。なので、時折、海と鼻が見えるほかは、どこなのかわからない山道を行く感じ。手もとの地図と、ナビを見ながらひたすら走る。鼻が見える度、ここに引っ掛けたか、あそこから引っ張ったかも、などと言いながら。

　午後四時五八分。マリンプラザしまねに到着。神話で有名な島根半島の景勝地、加賀《かか》の潜戸《くけど》のあるところだ。小泉八雲の著書にも登場する地なので、ぜひとも訪れたいと思っていた。でも、船でないと、見に行けないはず、と、閉ざされている建物の中を覗き込む。掲示板には、本日運航、の張り紙。ああ、もう少し早く来ればよかったかもしれない。夕日を受けながら、釣りをする少年の釣果を見せてもらう。きれいな小アジが十匹ほど泳いでいた。

マリンプラザしまね

　秋の日は釣瓶落とし、残りわずかな時間で、さらに足を延ばす。この先は、海沿いに行くよりも、西南の宍道湖方向へ斜めに下りて行く方が近道だ。

　午後五時半。薄暮の中、なんとか佐太《さだ》神社にやってきた。思っていた以上に大きな参道だ、と思ったら、出雲国二ノ宮、とのこと。主祭神は佐太大神《さだのおおかみ》、世に言う猿田毘古大神《さるたひこのおおかみ》。サダ、というのは岬の意味で、島根半島一円の祖であり、出雲国の四大神の一柱であり、加賀の潜戸で生まれたと説明にある。

　なんと、今しがた生誕地近くまで行って参りましたと、すでに閉まっている本殿に参拝。大社造りの重厚な本殿は、一八〇七（文化四）年、松江藩により造営されたもので、国の重要文化財に指定されている。出雲国風土記では、七三三

佐太神社

佐太神社本殿

（天平五）年にその名が見られ、一一月下旬の神在祭では五百年前とほぼ同じ内容で今日も神事が執り行われているという。参道の横には、地域の歴史民俗資料館もあり、またじっくり訪れたいと思った。

●加賀の潜戸めぐり（島根県松江市）

三日後。出雲市駅の一階にある、観光案内所を訪ねる。関西に戻る前に、松江城方面にでも遊びに行こうかと、松江駅に行く時刻表だけ調べて出てきた。だが、発車時間待ちの間に、なんとなく加賀の潜戸へ行けるか尋ねてみたくなった。インターネットでは、本当に船が出るのかどうかやアクセスなど、よくわからなかったのだ。でも、隣の市のことだし、調べきれるかしらと、あまり期待していなかった。ところが、わずか五分ほどの間に、二人がかりで、松江駅前のバスのりばと発車時刻、船の運航時刻と本日運航の情報、帰りのバスの時刻表までプリントアウトしてくれた。「なんだか、行けるような気がしてきました」と感激してお礼を言い、九時五九分発米子行きアクアライナーへ一人乗り込んだ。

十時半ごろ松江駅に着いた。マリンプラザ行きのバスまで小一時間ある。バスのりばを確かめて、ふと北の空を見上げると、雲がかかってどんよりとしている。念のため、遊覧船運航会社へ電話をかける。先ほどの観光案内所では、運航会社のホームページを開いて、本日運航と書いてある、と言われたのだが、それでは不安なので念のため、かけてみる。だって、一時間に一本しかないバスに乗り、四十分近くかけて（運賃八百円かけて）、向かった先でまさかの欠航というのは、悲しいではないか。周りには何もなさそうだったし。今思えば、それならそれで、乗ってきたバスにまた乗って、そのまま戻ればよかったのだが。この時は、どうしても、船が動いていていてほしい、潜戸へ行きたい、と気がはやっていた。女性が電話に出て、今日は運航している、という。十一時二十分松江駅発のバスに乗って向かうことを告げた。

安心して、駅併設の土産物店を見て歩く。不昧公ゆかりの菓子屋では、栗を用いた季節の菓子が並べられていた。リュックに入れて持ち歩きやすそうな、栗どら焼きを購入。

早めの昼食を取ろうかとも思ったが、先日、マリンプラザしまねの看板に、名物さざえご飯、とあったのを思い出し、ぐっとこらえる。

まだ時間があるので、松江市の観光案内所をのぞく。加賀の潜戸へ、といっただけで、窓口の女性が動き出した。いや、バスの時刻表は持っているが、帰りに、松江城の辺りに寄りたいのだが、どこの停留所で降りたらいいかと尋ねた。すると、県民会館前がいいでしょう、そこなら、JR松江駅行きのバスが何本も通るので、わかりやすい、とのこと。そこなら知っている。地元の工芸品やお土産を集めた、物産観光館の近くだ。

まち歩き案内板（支佐加比売命と佐太大神）

去り際に、隠岐の島へ行くには、いつがいいか尋ねた。やはり、一番は六月ごろという。こちらの頭の中は、夢千代日記の映画で見た、吹雪の断崖しか思い浮かばない。島に緑の生い茂る季節がいいのかと聞くと、夏場の海の色がとても美しいのだ、絶景だ、とのこと。なるほど、島から海を望むのか。天草のような感じかしら、と思う。年内は、一一月までなら、食事処などの施設が営業しているだろうが、宿泊先を予約して行くのがおすすめ。さらに天候により、帰りのフェリーが来ないことも考えられるので、日程に余裕を持って行った方がいい、と教わる。

バスは定刻どおり、やってきた。他にも数人乗りこんだが、松江城下で、その先の島根大学で、さらに団地の入口で皆降りてしまった。団地を過ぎるとバスは山の中へ。すると、急に雨が降り出した。ああ、こんなことでは、欠航になるかも、と思うと、山奥という地名を抜けて少ししたところで、雨が止んだ。風はどうだろうか、八雲さん曰く「髪の毛三本動かす風が吹いたら加賀行きは禁止」ではなかったかと、木々の梢やのぼり旗が揺れていないか注視しているうちに、終点マリンプラザしまねに着く。

中へ入ると、潜戸観光遊覧船の受付と、待合所があった。奥から、先ほどのお電話の方ですか、と女性が出てこられた。乗船料金千五百円を払うと、お帰りもバスですか、と確認される。どうやら、帰りのバスに乗り遅れないように配慮してくださるようだ。風と、波の高さを聞くのを忘れたが、まあ大丈夫なのだろう。乗船まで椅子に掛けて待つ。隣の食堂では、先に遊覧を済まされたのか、女性客が数組、昼食を取っている。例の、さざえご飯だろうか。出し汁のいい香りが漂ってくる。

十二時二〇分。自家用車で来たのであろう手ぶらの男性と二人、救命ベストを着て、船に乗り込む。そこへ、ガイド役と操舵担当の男性の、計四人を乗せて、なぎさ五号は潜戸へ向けて静かに出航した。

目の前に、天橋立のように張り出しているのは、桂島。不昧公の時代には、北前船の風待ちの港として、また荷揚げ港としても賑わったという。その島のぎりぎりまで船は近づいていく。岸壁に残る、杭の跡かなにかを見せてくれようとしている。その積み石の古さから、かつての港を偲ぶことができた。

桂島を望む

いよいよ、船は外海に出る。一瞬、やや大きく船が揺れるも、すぐに動きは安定した。手前に旧潜戸、先に新潜戸があるが、今日は、新潜戸へ先に向かう、と説明される。ほどなく、岩がくり貫かれてゲートのようになっている向こうに、さらに穴が開いたような島が見える。写真で見た景色だ。わあ、すごい、これが新潜戸かと思って慌てて写真を撮る。と、船はこのゲートめがけて進み、両側から岩がせり出す間を、しずしずと、中へ入って行った。ガイドによると、ここが佐太大神が誕生したと伝えられている洞窟であるという。かつては、この中に社があり、祭祀が執り行われていたと。洞窟を進むうち、だんだん、霊験あらたかな所を船でお参りしている気分になってきた。というのも、この潜戸を形作る岩々は、火山のマグマの堆積によりできたものだとのことで、柱状節理などの地層が剥き出しのところや、積み木を重ねたような荒々しい岩壁が、はるか昔の時代を想

新潜戸より的島を望む

像させるのだ。

後半にさしかかると、北側に開いた大きな穴から光が差し、明るい光に包まれた洞窟の出口が目の前に迫る。かの小泉八雲が世界で一番美しい洞窟であると、神秘を感じた光景だという。夏場は一層美しいとのこと。この出口を開けたのは、支佐加比売命《きさかひめのみこと》。佐太大神（猿田毘古大神）誕生の時、あまりの暗さに、金の弓矢で洞窟の東を射抜いたのだという。するとたちまち光が差し込み、中が明るく輝いた。その時の支佐加比売命の「ああ、かかやけり（輝けり）」という言葉が、加賀《かか》の地名の由来だそう。洞窟は、暑いとも寒いとも感じず、磯の香もしない。だが、頭上から降り注ぐ霊水を手に受け、舐めると、しょっぱい味がした。

新潜戸を出て、小島の傍を通って戻りながら、この島の外側の景色を眺める。海の波による浸食を受けてだろうか、岸壁はまた異なる形状になっている。神代の時代、天つ神たちが集った場所もあると聞き、そうかもしれないなあ、と「出雲の高天原」を仰ぎ見る。

沖の方に、隠岐の島々がぼんやり浮かぶのも眺めた後、先ほどの洞窟の入り口に戻って来た。今度は、写真撮影できるように船を停めてくれるという。母神によって射通された矢は、その先の島にまで及び、穴が開けられた。成長した猿田毘古大神は、この穴を的に弓の稽古をしたことから、的島と呼ばれるようになったという。新潜戸を通して、的島まできれいに見える場所で撮影タイム。最初に見て感激した景色だが、ガイドブックのようにはうまく写せない。船は、停まった方が、揺れを感じやすく、足元もおぼつかない。もちろん船酔いする余裕もなかった。

最後に、旧潜戸へと案内された。幼くして亡くなった子どもの魂が集まる場所、つまりは賽の河原だという。母は亡くした子を弔いに、死んだ子は母に会いたくて石を積みに、ここへやってくる。かつて、小泉八雲をはじめ、島崎藤村や松本清張も訪れた。水木しげるも、亡くなる五か月前に、かつて、のんのんばあと訪ねた思い出の地ということで、テレビの撮影にやってきた。どうか、石の一つでも積むなり、手を合わせるなりして、子どもの成仏を願ってやってください、と波止場に船が停められる。ここから上陸し、中まで歩いて行けるというのだ。ちょっとびっくりして、戸惑ってしまう。十分ほどの時間をもらい、トンネル状の約百メートルの参道を、両側に祀られた地蔵菩薩に手を合わせながら進む。辿り着いた先には、想像以上にたくさんの小石が、そこここに積み上げられていた。地蔵菩薩も祀られ、供華やお供えがあちこちに。小石は丸くなく、平たい、積み木のような形をしていた。太古の昔、海人族の女神たちが、ここで子を産み育てたという説明もあった。手を合わせてみたものの、いたたまれなくなって、すぐに立ち去った。

　船で待っていたガイドの男性に、さすがに、写真を撮る気にはなれなかった、と言うと、男性も、子どもの頃は、ここへ来るのが怖かったと言う。そして今でも、お参りに来る人は絶えないと言う。この会社の船以外の方法で上陸した形跡が、供え物などからわかるのだと。

　あっという間の五十分だった。遊覧を終え、バスが来るまでの十分の間に、さざえご飯を買い求める。バスは早めにやってきたが、まだ乗車できないというので、建物の外にある、バスの待合所で、さざえご飯を開く。まだ暖かい。一口食べて、あっと思い出し、写真撮影。おいしい。以前、県西部の道の駅で食したものより、さざえがやわらかい。きっと炊き立てである。こんなに手間のかかったおいしいものを、こんなに猛スピードで頬張って申し訳ないと思いつつ、一気に平らげた。

　午後四時二十分。定刻通りバスは発車。元来た道を戻って行く。はずが、十分ほど走ったところのバス停あたりで道の片側に寄せて停まる。運転手がバスを降りて後方を見に行く。なかなか帰って来ない。トラブルらしい。もしかして、しばらく留め置かれることになるかな、と思う。自動販売機が目に入ったので、降りて、バスに戻ろうとする運転手に飲み物を買う旨を伝える。自販機でボタンを押すと、ゴトン、と大きな音を立てて、ペットボトルが落ちて来た。これで、当面バスが動かなくても、水分補給の心配はない。戻ろうとすると、樹上から一メートル近く糸を垂らした、小さな蓑虫が目の前に。鬼の子だ。子を疎ましく思った親に、汚い衣を被せられ、秋には戻ると言って逃げられる。「ちちよ、ちちよ」とはかなげに鳴くという、別名、父乞虫《ちちこうむし》。久しぶりに見た。その後ろで、ツワブキが黄色い花を咲かせていた。

　結局、計器の異常で、運転には支障ないとわかり、八分遅れでバスは再び走り出した。県民会館前で下車、会館北側にある物産観光館、島根ふるさと館へ向かう。二階の伝統工芸品が並ぶコーナーで、外国人観光客に交じり、窯元の作品を一通り見る。例の錦山焼も見るが、あの小鉢はない。やっぱり、イオンへ行ってみよう、と再び県民会館前バス停へ。うまい具合に、すぐにＪＲ松江駅行きの循環バスに乗ることができた。

さざえご飯

鬼の子を峠に残しバス発ちぬ　マキ

松江駅の南側を、線路沿いに東へ歩くこと数分のところに、イオン松江店はあった。いつも車窓から見えていたのに、駅に降りて見ると、案内看板の一つもなく、思いがけず遠回りしてしまった。島根窯元展は、今回が三回目、八日間にわたり、県全域から、十七の窯元および石見の協同組合から七つの窯元が参加していた。ＮＨＫのニュースでは、松江の袖師窯や、錦山焼の作品の映像が流され、お値打ち価格で手に入るコーナーもあると紹介していた。好きな色の、見たことがあるような器を手に取ると、以前松江駅で買い求めた抹茶茶碗の、雲善窯だ。スリップウエアの皿は湯町窯。袖師窯には、若い人に人気がありそうな角皿が。出雲は出西窯の出西ブルーも目を引いた。錦山焼は、三日前に窯元で見た作品が中心に並べてあったが、小鉢は見当たらない。催事場は、平日だからか、客はまばら。出展者がちょっと手持無沙汰にしているのをよそに、お買い得コーナーをチェックする。と、あの小鉢を発見。しかも、赤札二割引である。訳アリかも、と思い、小鉢の底がぐらつかないかたしかめながら、描かれた模様を見比べて、窯元で見たのと同じものを二種類、選び出した。カゴに入れて、もう一度、全体を一回りしてからレジへ。カゴを受け取った男性の名札をよく見ると、錦山焼とある。そういえば、小鉢をあれこれ選り分けているのを見ていた人だ。思わず、声をかける。

「あの、先日、窯元をお訪ねしたのですが、お母さまが出られて」

「あ、あの時の」

「今日ここで、この小鉢があるとは思いませんでした」

「これは、かなりお買い得です、窯元で買うよりも。ただ、あの時、また問い合わせがあったら、値段を下げてくれるように言っていたんですがね」

「実は、昨年いただいた、大きな青い色の飯碗がとても気に入っていて」

「うちの青は、濃い群青色が特徴なんです」

「たしかに、とても深い、いい色」

「ええ、冬の、中海《なかうみ》の色をイメージしているんですよ」

冬の、中海の色だなんて。見たことはないが、なんだかとてもロマンティックに聞こえた。

藤村が、山陰道の楽しいのはいつかと尋ねた時、地元の案内人に、山陰らしい特色を味わえるのは、やはり冬だと言われ、なるほどと思う……。さながらそれを追体験したような心地で、器を抱え出雲のカズさんのところへ急ぐ。

ゆるゆるそわか。

（了）

半島から渡りきたものの

——朝廷が隠そうとした天日槍命

木井 昭一

天皇（大王）家は隠そうとした、彼を、神的人物としての或る統領を。

隠しきれなかった。隠蔽できるはずもない、携持していた神宝が歴として存在している上、その娘に求婚した神がみの話や菓子の神の伝承もあり、しかも決定的なことに後裔にはあの神功皇后もいたとされるのだから。よって史的エピソードの一つとして収めたのだろう。

天日槍命《あめのひぼこのみこと》のことである——朝鮮半島から渡来し、現在、豊岡市の出石神社に祭られている。

この命《みこと》にまつわる神話性を、七世紀この方、宮廷は排除しようとした。『記・紀』は、その神秘的と受けとめられた威力をほとんど無視しているのだ。

まずは、除外された彼の神威を瞥見してみよう。『播磨国風土記』（以下『風土記』）によると、こうだ——半島から《度《わた》り来》た《客神》天日槍命が、その地の長に宿舎を請うと《海中を許しき》、つまり海になら宿っていいと言われたので、命は或る大きな《行《わざ》》をなして首長たちを驚かせた、《剣を以て海水を攪きて宿りたまひき》——彼は剣で海を攪《か》き（掻き）まわして、泊まる所をこしらえたのである。

これは、ただちに本邦のイザナギノミコト・イザナミノミコトの「国生み」神話、《玉で飾った矛》で海原を掻きまわして云々を想起させる刮目すべきエピソードだと考量する、二柱の行為に要となる点が似ているということである。神話学的には、こうした類似はほぼ同一の話素、物語だと見なすのではないか。だが管見の限りでは、この事態をとりたてて論考したものはないようだ。剣と矛の違いがあるからだろうが、しかしこの《剣》は『日本書紀』記載の《出石の桙《ほこ》》《槍《ほこ》》に相当する祭器と推していい、剣も矛も神話では偉大な力のシンボルであり、それを《指し下ろして画《か》》けば（『古事記』）、つまり海を《攪き》て、そこに居場所を設けたとされることは共通しているからだ。どちらも、山幸彦の海神宮の話や浦島伝説などに顕著な、神話に内在するデザイン性のしからしむるところだろう。

隠す、隠蔽するといった穏やかならざる言い方をするのには訳がある、すぐさま挙げられる事由が二、三あるからだ。

一つは『風土記』で記述されているような事績は、物語に飢えていたに違いない当時の人びとにとって、格好の話題であっただろう。にもかかわらず『記・紀』において記述されていない、オミットされている不自然さ。二つには、天日槍は『風土記』では「命」として神的存在であるのに、その二書では単に王家の息子（《新羅の王の子》）とされていること。さらに、本邦（「大八嶋国」）に《聖王がおられると聞いて》来朝した人物としるされている（『書紀』）のは、半島には《聖王》がいない、王族や民が戴く神的な存在がないので帰化したいと表明しているに等しいではないか。

神話におけるデザイン性、この、近代以降は内のりが定かでなくなったベクトルを秘めた力を振りかざせば、天日槍命のような神話（伝説）が先にあったからこそ、矛で海を掻きまわすことで始まる欽定の国土創世譚が出来あがったのでは――換言すると、というより極言すると、命が露わにしたような業《わざ》が『記・紀』の創世譚に影響を及ぼしたと思うのだが、いかがだろうか。この経緯を包みかくさんがため、時の政権は『風土記』がしるす伝説を落としたり書き換えを施したりしたと想像するものだ。当時の国体である神話をなるべく一元化しようとしたのだろう。

さて、この公子が「命」とされるにふさわしいのは、携えていたのは《出石の桙一つ・日鏡一つ・熊の神籬《ひもろぎ》一具》などの神器つまりシャーマンが用意する呪具であったというのが大きな理由である。我われはこの神具を重く捉えたい。根本的には、皇室の尊貴さに関わるからだ、なぜ尊いとされるのかという。

その答えは渡部昇一氏らが揚言しているような、神話から連綿と現代まで続いているから、という系譜の問題に収まるものではなく、それはシャーマニズム（卑弥呼に象徴される巫術）なる超越的次元との繋がりが、祭祀・祈りにおいて担保されているゆえだと考える。しかり、皇統は超越性、一種の聖性を有すると見なすべきである。その象徴が祭祀具、天皇家の三種の神器である。渡来した王子の一団は、そうした類いの神器を多く携えていた。わけても《桙》《鏡》《神籬》は充分留意するに足ると考量する。ちなみに『筑前国風土記』（逸文）にいわく、命は高麗に《天より降り》来ったと。一行はその際、かならずやそれらを帯びるようにして持って降りたのだろう。

「命」であるべき事由は、もう一点ある。彼ら一行が王朝に、意に叶う土地を与えられた事実だ。それは、この貴族は天皇家

きわめて私的なことである。よって、今度こそ記憶にとどめるべく、どちらも同書の本筋には関係ないけれども、ここに記しておくものだ。

前者は、谷沢が中学校で共産党系の運動を起こして世間の耳目を集めていた折のエピソードである。大阪の《進駐軍》（GHQ）に呼びだされ、その担当者にこう《優しく脅》されたという、《このままいつまでも頑張っていると、沖縄へ強制労働にやらされますよ》（二二）。

昭和四〇年代、日本で最初のオリンピックが終わって数年たっていた頃、私は東京でバイト先の先輩から、GHQがいた時は、連中に反抗すれば沖縄の収容所に送られるという話があった、と耳打ちするようにして教えられたことがある。その時は、まさか、と本気にしなかった。今でいう都市伝説の類いとばかりに聞きながしていたのだ。その噂が、谷沢の体験によれば、本当だったらしく、びっくりした——この驚きさえ私は忘れていたのだが。GHQの改革は、学校教育や宗教政策、また報道の検閲などに表される程度の、いわばソフトな施策だとナイーブにも受けとめていた。なにしろ彼らは、戦前の軍国主義を駆逐してくれ、農地改革をした、自由民主主義の本家本元の感のあった英米である。そこに、なんと《強制労働》が潜んでいたとは。地方出身者で私と同年輩以下の人たちも同じだろうが、まったくもって意想外だった。

歴史的な、と大きく出たのは、そうした時代の中で政治がなされ、別して憲法が制定されたという事態に我われは正対するべきだと考えるからである。占領による主権の制限は、中学生にまで脅しを伴って及んでいた、にもかかわらず、それは公にされず、かつ首都をはじめ都市部が無差別空爆されて焼け野原になった混乱期（注2）でも、あたかも日本政府は立法、行政とも主体的に振るまっていたように私ども戦後世代は教わってきた。あらためてその憲法の前文に目をやると、理念と現実との乖離に唖然とする。まやかし・ごまかしである。

後者、私事の方に移ろう。それは、私も末席に連なっていた同人誌『海峡』に言及されていること（一四）である。なつかしい。大阪では伝統のある文芸誌、と谷沢も名前を出している主宰者の谷田啓一さんから、しばしば吹きこまれたものだ。なるほど、三島由紀夫が詩を寄稿していたとは。ただし、その話は古すぎるからだろう、聞かされてはおらず、この『回想』で知ったのだが。

谷沢はそこで、開高健の小文集が『海峡』でボツにされたということが事実かどうか、問いあわせた結果（《不明》）をしるしている。しかし皮肉にも、私たちが聞いていたのは、ほかならぬ谷沢が学生時代に書いたものを、関西大学の文芸部刊行の『千里山文学』？がボツにしたということである。その時の編集担当者は谷田さんか、部の重鎮と思しき柏原さんだったらしい。谷田さんは、そう語った時、彼にしては珍しく曖昧で歯切れ悪く、苦笑いをしていた。

その谷田氏の運営の仕方に、我われ若手が異を唱え、脱会して或るグループを結成した。だが、何年かして自然消滅――《表現執念が生きて息づいて》いた開高健（「四」）のような人物やいい世話役が、両誌の同人には少なかったのだろう。

（注）

1、新潮社、一九九二年

2、この実情の一面を、生なましくレポートしたものを先週、月刊誌で目にした――但馬オサム「不逞朝鮮人のリンチにあった鳩山一郎」（『ＷｉＬＬ』二〇一九年一二月号）である。現下わが国に滲みわたっているような嫌韓の風調に乗ったタイトルだが、内容はその事件をはじめ、いたって詳細。ふつう、この時期は戦後の混乱期と呼ばれているが、どうも動乱めいた様相を呈していたのではなかったか。

建武の新政　主役論
もう一度「大河ドラマ」をやるなら、この本か？

文　藤岡　敬三

〝日本史好き〟を吹聴する身ながらも、この時代について詳しく語るのは難しい。

小学六年生で初めて日本史を習ったと記憶しているが、縄文時代、弥生時代、大化の改新、奈良時代、平安時代、そして鎌倉の武士の世……と教科書通りに進む授業は意外と面白かった。それまでの地理と違い、歴史には、

「ドラマ」

を感じたからだ。ドラマには、主役が登場する。

中大兄皇子、聖徳太子、平清盛、源頼朝＆義経など、皆キャラが立っていた。皆がそれぞれの正義（あくまで教科書が教えるところの）を信じ、時代を駈け抜ける姿が格好よかった。ところが、

「建武の新政」

は（何のことやらわからない）で過ぎ去った。

授業そのものが〝あっ〟という間だった。担任の先生は、果たして一時限も費やしたかどうか？　いや、十分程度で読み飛ばしたのではなかったか？

実際、一三三三年に鎌倉幕府が倒れてから一三三六年に室町幕府が誕生するまで、わずか三年間の出来事だ。日本史上で見れば、それこそ〝あっ〟という間と言える。しかも、既に武士が天皇や貴族に代わって天下を取っていたのに、

「天皇が自ら政治を行う」

という、時代を逆行する設定が理解しにくかった。さらには、天皇親政の世を作るために武士同士が戦うという展開も意味不明だった。ドラマが複雑で、ゆえに人物のキャラも立たなかったのだが、キャストは結構いる。

後醍醐天皇、足利尊氏、楠木正成、新田義貞。

しかし、誰が主役なのか？　これがなかなか見えないまま、

今に至っている。

前置きが長くなったが、先日、この本と運命的に出会った。

『義貞の旗』（安倍龍太郎著・集英社　二〇一五年）。

その日は、数十年前に亡くなった方の命日で、その方は上州新田家に縁があった。出会ったのは、漫画が中心の某古本チェーン店だ。私は取材帰りで、〝酒の友〟の漫画を買って帰ろうと気楽に店に入った。だが、読みたい漫画に出会えず、かといって手ぶらで帰る気にもならずに店内をブラブラ歩いていたところ、小説コーナーでこの本を見つけたのだ。

（『義貞の旗』？　知らない本だ）

（新田義貞を主役にした小説が〝他にも〟あったのか？）

（新田家ゆかりの方の命日に出会うなんて、これは運命かも！）

以上の論法が頭の中でまとまり、漫画の代わりに購入して帰宅。酒を飲みながら読み始めたら、滅法面白かったのである。

その面白さを書く前に……

義貞の新田家と、室町幕府を起こす足利家は、共に源義家の孫を祖とする源氏の名門だ。源頼朝の血筋が絶えた後は、家系図的には新田家が〝源氏嫡流〟の立場にあったのだが、四代目・政義が鎌倉幕府を牛耳る北条家に楯突いたことで政治的に失脚し、長く地方の貧乏豪族の座に甘んじていた。片や足利家は北条家と姻戚関係を結ぶなど処世術に長け、幕府内で確固たる地位を築いていた。このような背景の元、八代目の義貞には、

「新田家の家名をあげる人物」

としての期待が一族郎党から集まった。さらに言えば、北条家は平氏であることから、

「源氏の再興」

という壮大な期待も背負っていた。

ある日、後醍醐天皇がクーデターを画策して「幕府打倒」の綸旨（天皇の意が書かれた文書）が義貞の手に届く。義貞は少数で挙兵し、幕府軍との戦いを幾度も制し、その度に兵力が膨れ上がり、勢いに乗じて鎌倉幕府を攻め落とす。

京に凱旋し、一躍有名人となった義貞だが、建武の新政樹立後は〝宿命のライバル〟足利尊氏と真っ向から対立。各地で足利軍と激しい戦闘を繰り広げた末、戦死する。

……これが新田義貞の生涯だ。

先程〝他にも〟と記したのは、私はくだんの方が亡くなった頃、新田次郎著の小説『新田義貞』（新潮社　一九七八年）を読んでいたからである。

それ以来、義貞が主役の小説には出会わなかった。いや、積極的に探そうとはしなかった。新田次郎の本がつまらなかったからではない。

（義貞のドラマは、これだけで十分だ）

と、自分を納得させたからである。同書には、義貞の誕生か

ら死までのドラマが余すところなく記されている。ここに登場する義貞は、

「忠義に厚く、勇気ある武将」

だ。特に忠義に関しては愚直過ぎるくらいで、後醍醐天皇を始めとする皇族や公卿には逆らうことができず、戦を知らない貴人たちに翻弄されて幾度か勝機を逃してしまう。それがたたり、一度は手にしかけた〝天下〟がこぼれていく。

見かたによっては悲劇性が主人公としてのキャラを引き立たせるのだが、

（人を信じ過ぎる、特に貴人の意見を尊重し過ぎる。お人好しだなあ）

というのが正直な感想だった。

例えば、鎌倉攻略の総大将であったのに、天皇から〝鎌倉の治安を尊氏の嫡男（千寿王・幼児）に任せ、一族を率いて上洛せよ〟との命が下ると、政治的に不利であることを承知しながらもその通りにしてしまう。新田次郎は、

《（兄はなんと真正直な人間だろう）義助は義貞の顔を見ながらそう考えていた。こういう兄だから、京都へ行けば公卿たちにうまいこと利用もされよう。ふとそんなことも思った。》

と、弟・脇屋義助の言葉を借りて義貞の人間的弱点を指摘している。

これをキャラとして考えると、善人であり過ぎる人柄は、パンチが足りない。もちろん新田次郎の責任ではなく、史実に現れる義貞像には「生真面目」「愚直」という部分が強く、何となくインパクトに欠けるのである。それゆえ、

（義貞を主役として、これ以上面白い小説が出るのは難しい）

と思い続けてきたのだ。

だが、『義貞の旗』は、見事にパンチが効いていた。

『血の日本史』（新潮社　一九九〇年）で一躍注目を集め、以来数多くの時代小説を世に送り出してきた安倍龍太郎は、

「忠義に厚く、勇気ある武将」

との世間一般の義貞像と史実を踏襲した上で、

「粋で、気風がよい東男」

との〝薬味〟を加えた。

例えば、物語序盤。幕府から「京都大番役」を命じられて上京した無名の義貞は、一条大路で六波羅探題の役人たちが貴人の牛車に無礼を働いている様子を目撃し、多勢に無勢を承知で騒ぎの中へ割って入る。そして、栗山備中という番頭と供侍相手に大立ち回りを演じる。

《「狼藉したのはそっちだろう。道理もわきまえねえ者が……」義貞は語りかけることによって相手の油断を誘い、一足飛びに下段に構えた男の棒を踏みつけた。（中略）備中は腰の刀をすっぱ抜いた。刀身四尺の大業物である。（中略）「そいつはいけねえな」義貞は真顔になって備中をにらみ据えた。「それを抜いち

や命のやり取りになる。戦場では一角の働きをする御仁だろう。こんな所で死んでいいのかい」》

まるで、同じ上州男の国定忠治を彷彿させる、あるいは時代劇の江戸っ子とも重なる言動だ。これは物語を通して一貫して続く。

鎌倉攻略時、稲村ヶ崎に黄金作りの太刀を海に捧げるくだりでは、

《義貞は稲村ヶ崎まで出て、土地の漁師に大潮のことをたずねてみることにした。（中略）「潮が引くのは何時だい」「昼は未の刻、夜は丑の刻（午前二時）あたりでしょう」（中略）「ありがとうよ。少ねえが取っておいてくれ」褒美に銀の小粒を渡し、義貞は霊山に上がってみた。》

というシーンを描き、その後、弟・義助のアイデアで〝伝説〟となる派手なパフォーマンスを披露する。

後醍醐天皇相手にも、啖呵を切ってみせる。

《「答えよ。なぜ引き受けぬ」「あんたの気持ちが分からなかったからさ」義貞は常の言葉遣いをした。頼まれているのだから、遠慮することはなかった。（中略）「引き受けよう。ただし、これは俺のためだ」「どういうことだ」「宮さまから頼まれたんだ。父君を頼むってな」義貞は大塔宮の理想に心酔し、命を捨てる覚悟で旗を挙げた。宮が亡くなったからといって、その旗を下ろすわけにはいかなかった。「あんたの旗に比べれば小さなもんだ。だが俺にも意地というものがある。」》

といった具合。後醍醐天皇とのくだりは（やり過ぎかなあ）とも思ったが、ドラマとしては実に自然で嫌味がない。

その嫌味のない粋さに、人が惚れる。前述の栗山備中を始め、一度は義貞に打ち負かされた敵（武将からゴロツキまで）が、その人柄を慕って次々と馳せ参じてくる。さらには、女性たちも集まってくる。特に、有名な勾当内侍との恋愛模様はドラマチックで、ベッドシーンも実に情熱的である。

つまり、同書では、

「義貞＝いなせなヒーロー」

の構図が確立しているのだ。だから、面白い！

また粋な言動だけではなく、義貞の〝武士としての覚悟〟が随所に見られる。例えば、大塔宮護良親王との邂逅で宮の理想を聞くシーンでは、

《「子供たちにそんな思いをさせてまで、どうして戦をつづけるのですか」「新しい国を作るためです。今は幕府寄りの者たちが栄華をきわめ、多くの者たちが貧しく虐げられた暮らしを強いられています。それゆえ幕府を倒し、帝の親政を実現することによって、誰もが平等に暮らせる世をきずかなければなりません。そのために戦っているのです」「誰もが平等に、ですか」義貞は宮の言葉に打たれ、強い酒に酔ったように陶然となった。》

と、義貞という男の心を動かす物が〝何であるか〟を明確に

示している。
数の上では明らかに不利な状態で旗揚げをするシーンでも、《武士とは詰まるところ生活者ではない。生活者を守るために矢面に立つ軍人なのだ。そのことを肝に銘じるかどうかで、生き様はまったくちがってくるのだった。》
と、損得勘定とは違う義貞の、ひいては本物の武士のあるべき覚悟を述べている。このあたりも、実に気持ちがいい！

さて、この時代はあまり映像化されないが、ＮＨＫが以前、大河ドラマとして描いたことがある（『太平記』一九九一年）。

しかし、個人的には面白いという印象は持てなかった。

その最大の原因は、主役の足利尊氏のインパクトが弱かったことだと記憶している。真田広之という魅力ある役者を使ったにもかかわらず、尊氏の人間像が中途半端だった。そして本来ならライバルとして存在感を発揮できる義貞も、「忠義に厚く、勇気ある武将」との表面的イメージの域を出ておらず、個性が弱かった。

だが、『義貞の旗』を原作にすれば、かなり面白い大河ドラマが作れるのではないか、と思う。

源氏の嫡流ながらも恵まれない前半生。時代の急変により旗を揚げ、鎌倉幕府を倒して時の人となるも、都の魑魅魍魎に翻弄されて悲劇的な最期を遂げる……冷静に分析しても、義貞の人生には主役になり得るドラマチックな要素が詰まっている。

足りなかったのは、魅力的なキャラ作りだけだ。

それが、この本にはある。

安倍龍太郎は、おそらく意図的にキャラを立たせて、見事に義貞を建武の新政の主役に踊り出させた。

ならば、「新田義貞」を主役に据えて、新しい時代劇（歴史ドラマ）を作らない手はないと考えたのが、今稿執筆の動機である。


〈追記〉

前号四十五頁、藤波辰爾のジュニアヘビー級王座奪取の年は「一九七三年」ではなく「一九七八年」の誤記でした。ここに訂正致します。

「私の書店像」余説

木井　昭一

《春風のつまかへしたり春曙抄》　蕪村

いや、お恥ずかしい。ホゾを噛むとはこのこと――前号の拙文「この、ゆるやかで賑やかな逸脱」（副題「**私の書店像**」）で、とんだ井の中の蛙を演じてしまったのだ。

まず、店内で腰を下ろしてリラックスできる場を設けることについてである。

神奈川の旧友によれば、東京では三、四年前からぽつぽつその手の本屋が現れている、しかも最近、入るのに会員制よろしくお金が要る店もできたはずだと。さらに千葉在住の後輩の話では、やはりそこでも中に喫茶スペースを持った書店も幾つか出てきているとのよし。そして地元・大阪でも――知人いわく、堺に「座って立ち読み」可能な店ができたばかりだし、（中心部の）梅田では、すでに二店ある蔦屋書店がそうで、うち新御堂筋沿いの方は「コーヒー飲みながら読めて、喫茶店よりゆったりした雰囲気らしいで」。

梅田は大阪駅の上の蔦屋なら、私も足を運んだ覚えがある。自由に座れるテーブル席があったはずだ。それを、ころっと忘れていた。たぶん書籍の並べ方というより店の在り方が合わなかったからか、あるいは上層階だからか、どうだろう、一種よそよそしく感じられたものだ。二度おとずれて、それきり。したがって、拙文をしたためている時の書店のイメージは、最寄り駅（阪急）に隣接している、ちいさいけれども遠慮せずに出入りできる本屋と、いつも賑わっている梅田の大型店・紀伊國屋、また月一度か二度通りがかりに覗く地下街のS店、これらだけで成りたっている。

かくて、井蛙ぶりを曝けだしてしまったわけである。そうなった一因には、脱稿の前後に誰か複数の人に見てもらうのを怠ったことが挙げられる。通常、都度二、三の知友に内容と表現のチェックを頼んできたのだ。だが、今度の「私の書店像」では『まちの本屋』の著者・田口氏のみだった（版元に転送を依頼）。書店経営のことや、氏のお父上との関係を考え、批正やご意見を請うたのである。ところが、ご返事はなかった――今もないのは、コメントに値しないからだろうけれども、ともかく待った分、どういうわけかチェックを受けた、済ませたような気になってしまったのだ。それで狭すぎる見聞のまま、こうした羽目に。

ついで加筆修正を。出版社のＰＲ誌に言及した本文最後のところだ。そのまま読むと、現在それらは本屋に置かれていないように読めるが、これまた当方の迂闊。意図は、書店では無料で入手できることが、一般にはさほど知られていないと思われるので、この点、より積極的にアピールし、来店するメリットの一つとして数えられるようになればというものだ。――そう、「積極的に」をそこに挿入を。

このＰＲ誌のこと。こちらもご多分に漏れず近年デジタル化が進み、ＷＥＢ版へ移りつつあることを、先だって『産経新聞』（九月二三日付）が報じていた。当方、《目当てのＰＲ誌をもらうために書店に足を運び、そのついでに本を買う》ほどの愛読者ではないけれども、『scripta』（季刊誌：紀伊國屋書店）を楽しみにしていた時期もあったので、そうなるといくばくか寂しくなろう。また、なくなれば《出版社と書店の両方が潤う仕組み》の影が薄くなる事態は避けられない。なんらかの形で一冊でも多く残してもらいたいものだ。

禿筆を呵《か》していて、紙の本と、盛んになっている電子書籍などとの関係をつらつら考えてしまった。

これまでの私の書籍観は、街の書肆の書架や家の本棚で興味を引く本に出あうといった、読書人にとって幸せな邂逅を心待ちにするものだった――むろん今でもその思いは弱まることは毫もないが。

だが近来は、書物という形の意義に目を向け、造本されて実際に手にして読むことにも満足を覚えるようになってきている。ネット上や電子書籍では、私の場合は検索気分、調べものをするという態度が先だつからかもしれないが、そこでの読書は随分味気ない、手応えの乏しいものになるだろうと想像してしまうのだ。フランス装の本とまで行かなくても、一枚一枚指でめくって進むのは、すくなくとも当面は意識されなくても、ひょっとして今世紀の後半ぐらいからは読みがいのあることだと気づかされるのではないか。あるいは体が懐かしがるようになるのでは――なんといっても我われは、物を手に、身につけて身体の拡張部分にしたい性向を有しているからだ。

もし、すべての詩文が電子化されている世界なら、愛書家や好事家連中は勿論、すくなからぬ読書家やコレクターたちは、それらの中から気に入った詩歌や著述を選んで造本して読んだり、イギリスの上流階級の連中なら凝って家紋を打ち蔵書としたりするはずである。そして刊本されるようになると、あらたにその流通機構ができ、時代を経れば住まいには書斎が、街には書肆やブックカフェなどが誕生する運びとなろう。作品は、人間の関心に照射されては現実のヒューマンな時空における存在を求める、そう了解したいのだが。

一方、今世紀の後半以降に向けて、いまや文明論的な視座が要請されると思量する。

それは、多彩な装丁や一様ならざる判型などによって、書棚に並ぶ本がわくわくする物語を差しだしてくれるような空気、本好きならまれにでも感得するオーラが、デジタル化されては感じられなくなるかもしれないという懸念である。いかがだろう、物語のリアルさ、物語が発散する魅力が希薄になって〝本〟も〝書庫〟も、のっぺらぼうになって――平成世代の取り越し苦労に過ぎないだろうか。そこで万一この希薄さが社会的規模でエスカレートして行き着くところまで行ったら、物語への期待感が低下するだろう、その状況こそが、もっとも危惧されなければならないと思うのだが。

この期待感とは、享受しようとする人間の本性である。それによって、吾人は物語を生き、その異本を創り、生かされていくからだ。そう、個人も共同体も、物語やサーガ、神話によって、なんらかの危機を克服し、時代のうねりを乗りこえてきたのではなかったか。『聖書』や『記・紀』の成立を見ても、しかりだ。物語こそ、口誦・口承や舞台、典籍によってリアルなのだ。そして、このリアルさは、共同体によって担保されている――この意味、いずれ明らかにされるだろう。

デジタル化によって、この感性的リアルさが一枚といえども膜で覆われてしまうと、下手をすればＡＩの進歩と相まって文明の大変動《カタストロフィー》を準備するのでは――「変動」の「変」には「偏」をあてたいところだ。論が飛躍しすぎの嫌いがあるが、こうした憂慮を払拭するのは私には難しい。人間の感覚にデジタル化はそう都合よくマッチしないはず、人は身体的にアナログであり、それを身の丈に合わそうとしても無理なのだから。身体も社会も、無理をしつづけると、やがて気がついてみれば破綻かカタストロフィーが口を開けて待ちかまえていることになるのは必定。

稲泉氏について。母上はノンフィクション作家の久田恵さんである、あれからウィキペディアで知った。久田さんなら『産経』で時おり随筆を、またたまに『読売新聞』の「人生案内」での回答を読ませてもらっている。彼女は、切羽つまった息子さんに、ふと与えられることを願っていたのだろう、慰藉してくれる《春風》のような物語を。さらに通学・卒業といった定番コースからの旅立ちを可能にしてくれるヒントとの会遇を、本屋で、「まちの本屋」で。――その文章を拝読して、そう了察するものだ。

〈付記〉

新潮社のPR誌『波』（二〇一九年一一月号）で、親が《どうしたら良い本を子どもたちに伝えられるんでしょうか》との（俳優）井上芳雄氏の問いに、赤川次郎はこう答えている――

《ただ本を置いておくことしかできないでしょうね。これを読めと言えば、子どもは反発して読まなくなる。でも近くに本があれば、いつか、［井上氏のように］ふと手に取ってページを開くかもしれない。それぐらいでいいんじゃないですか。》

（「対談：物語は余白の中にある」）

とりあえず書架を、自宅であれ何かのロビーであれ設けておこうではないか。

小説

百鬼夜校

喜田　與志彦

私がその学園の異変に気付いたのは、四月に二年生に進級したすぐの頃だ。

単なる気のせい、と普通なら思うだろう。

学校のように多くの人が出入りする場所なら、誰もが気付かない内にそういうことが起こっても不思議ではない。そう言って気にも留めないだろう。

置いてあったはずのものが、いつの間にか消える。

知らない間に、壁や床や机の一部が、ほんの少しだけ変わっている。

誰もいないはずの教室から話し声が聞こえる。

とっくの昔に壊れて止まっているはずの時計が、少しだけ進んでいる。

理科室の模型の位置が、ひとりでに動く。

そのほとんどは、実は簡単に、合理的に説明がつくことなのだろう。

ただし、あそこだけは違った。

あの、長く空き教室だった四一九教室だけは。

もとより生徒自治の風潮が濃い浦神学園では、平常使用していない教室や学校設備などは積極的に生徒の部活動のために供用されていた。

私のいる（正確には私の作った）園芸部でも、部活動用の荷物置き場として、風雨にさらされる園芸ひろば横のほったて小屋ではなく、きちんとした部室を要望していたのだ。

考えてもみてほしい。園芸用の土や肥料、植えたばかりの苗、摘んだばかりの花や実にとって、過度な湿度や害虫の侵入がどれほど神経質な問題になるのかということを。

エレベーターを使っても四一九教室からものを運ぶのは大変だったが、それよりも夜露や虫から離れられる方が私にとっては重要だったのである。

だが、生徒会からの返事はすげなく「不可」であった。理由を聞いても判然としない。学校の規則でだめになっている、と。

それならばと職員室に駆け込んで直談判してみたが、同じだった。

「今まで誰も使っていないから、使えない」

そんな馬鹿な。誰も使っていないからこそ使いたいのである。

これでは話の順序があべこべだ。

「もう長い間、誰も入っていないからなぁ」

一番古株の用務員がそう言うのだからそれは間違いのない事実なのだろう。

そして私が下した結論は、至極論理的なものであった。

誰も使っておらず、入ったことのない教室ならば、私が勝手に使っても誰の迷惑にもならないし、入る人間がいないのであれば、ばれる気遣いも無用であると言う他ない。

かくして、私は用務員の目を盗み、教室の鍵を拝借し、放課後の人のいない時間帯を見計らって少しずつ「部室」に荷物を運びこんだ。

四一九教室の中はがらんどうというわけではなく、古い椅子や机、ロッカーがそのままに残されていた。もちろん、長年の間に積りつもった埃と充満するすえた空気は、誰も入っていないという証言を見事に裏打ちしている。

本当は大掃除からはじめたかったのだが、無断使用の手前それはできない。やむなく教室の一角だけ机を動かし、荷物を運びこむスペースを作って初日はそこに空いたプランターと堆肥の詰まった袋を置いた。

黴臭く淀んだ空気と、古く汚れた教室は、土に汚れたプランターや、発酵した有機物を詰めた麻袋に思いのほか適合していた。なんとなく収まりのよい様子に私は満足して「部室」を後にし、鍵は返さずに拝借したままにした。

そして翌日、放課後に再び訪れた私を、四一九教室は思いもよらぬ出迎え方をした。

なくなっていたのである。プランターと堆肥が。

まるっきりそこには最初から何もなかったように。

そんな馬鹿な、鍵はずっと私が持っていたのである。予備の鍵を学校の誰かが持っていて、昨日の夜中にここに入り、せっかく運びこんだ荷物を全てどこかへやったのか？

誰が？

何のために？

何年間も全く使われず、誰も入ったことのない教室に、突然、昨日？

どうして？

疑問符が頭から消えない。教室の扉や窓をくまなく確認してみたが、鍵はしっかりと閉まっていたし、どこからも入られた形跡はない。

得も言われぬ気持ち悪さが心にこびりついたまま、私はその日は、夏前に植える予定のパプリカの苗を四株だけ運びこんだ。あのプランターと堆肥を使って育てる予定だったものだ。同じように、しかし今度は注意深く何度もそこにしっかりと置いたことを確認しながら、私は部室を後にした。部室の扉には誰かが侵入するとわかるように、髪の毛をテープでそっと留めておいた。


翌日、逸る気持ちを放課後まで何とか抑えて私は「部室」へと走った。

まず扉の髪の毛を確認する。誰も動かした形跡はない。

よしよし、と思って私は扉を開けた。そして教室の中をのぞきこんで、なぜか突然、大きな安心感を伴った理解を得た。

いや、事態を理解しているとは言えない。何故なら目の前で起きていたことを全く言葉で説明することができないからだ。


にもかかわらず、私の心の中では「ええそうね」「その通りだね」「なるほどね」という合意と認証が繰り返されていた。

昨日、まだ芽吹いたばかりの苗でしかなかったパプリカは、大きく成長し小さな緑の実をつけた状態で、教室の後ろに生けられていた。

昨日、なくなっていたプランターに、あの堆肥を撒いて。

教室の中には誰もいない。誰も出入りしていない。当たり前だ。ここは何年も使われていないのだから。

その誰もいない空き教室の中に、誰かが居る。

そして、その誰かがいる四一九教室は、この四一九教室とは時空がねじれているらしい。

なぜなら、たった一晩でどうやってもパプリカの苗をあそこまで大きく育てることなどできないからだ。

すごい発見だ！

この教室は、どこか別の時空と繋がっているんだ！

先生たちはこれを知っているのだろうか？　知っているからこの教室を使わせないでいた？

いやそんなことより、この教室に居る誰かは、いったい何者なのか？

もはや園芸などそっちのけで、私は夢中になった。灰色にくすんだ学校生活の中で、初めて見つかった色のついた刺激だった。そう、私は色に飢えていた。色彩あざやかな花や果実を育てて渇きを潤そうとしていた私には、これが必要だったんだ。

「拝啓　四一九号室様」

そんな書き出しで私は手紙を書いた。書きたいこと、聞きたいことが山ほどあった。しかしとっかかりは何を聞けばよいのだろうか。私はパプリカについて書いた。あのパプリカは下葉を剪定されていない。枝を支柱で支えてもいない。あのままだと折角咲いた花に果実が実ることなくひょろひょろとした雑草のようになってしまう。

手紙にはそんなことを書いた。私が用意したパプリカにプランターだけど、それはまあいい。むしろそれを使ってくれたことで、私と、異次元のこの教室にいる誰かとが繋がったのだから。私はそれについて書くことができる。聞くことができる。

手紙を封筒に入れ、パプリカの根元にしたためて私は教室を出た。

とんでもない隠し事をしている時のように私は興奮しっぱなしで、家に帰ってからも、翌日の授業もまるで上の空だった。

放課後、誰もいなくなる時間を待つまでがどれほど長かっただろう。私は、私が発見した私だけの秘密を誰にも見つからないように用心に用心を重ねながら、四一九教室に入った。

そして、そこにはあった。

真っ赤に熟したパプリカの実と、大学ノートを手折って鉛筆でしたためた私への返信が。


まるで、遠く離れた恋人からの手紙を受け取ったように私は舞い上がった。

本当に、本当に返事が来た。この教室は時空を超えたどこかとつながっている。私の発見に間違いはなかったのだ。

手紙には、当たり障りのない出だしで、パプリカのこと、教えてくれてありがとうと書かれていた。

一体どんな人なのだろうか。字体からして男のようだ。彼？もこの学園の生徒なのだろうか？　或いは生徒であった？　それとも、未来の？

何年生なのか？　何を勉強しているのだろう？　部活はやっているのか？　特技は？　趣味は？

想像は尽きない。

どうしてこの教室が時空を超えたどこかと繋がっているのか。どうすればそこと行き来できるのか。そして、この手紙の主は誰なのか。

疑問符だらけの私からの二通目の手紙への返信は至極シンプルであったが、これ以上はないというくらいに的を射ていた。

「君も、こっちの世界へ来てみるかい？」

まるで童話、おとぎ話の世界だ、と私は思った。

豪華絢爛な舞踏会への招待状、あるいは、幻想的な叙事詩世界へ誘う魔法の書。

何のためらいもなく、そう、その時は何のためらいもなく、私はその手紙に書かれていた通りのことをした。

丁寧に入浴して身を清め、皮膚の柔らかい部分には塩をすりこんだ。

清酒の一升瓶と塩の塊を器に盛って捧げ、一糸まとわぬ姿になって、暖を取るための毛布にくるまりながら四一九教室でじっとその時を待った。

時計の針がちょうど零時零分を指す刻、次元の狭間が広がり、二つの世界が互いに交わりあうのだという。

明かりはつけない。夜中、誰もいないはずの教室に明かりがついていたら見つかってしまうからだ。

期待と興奮に滾る私の心は、嵐の海のように波打って留まることを知らなかったにも関わらず、いつの間にか眠ってしまっていた。

目を覚ました時は、既に視界は完全に闇に塞がれており、時間感覚も失っていた。

手元のタブレットに目をやって時間を確認すると、零時五分前である。

寝過ごさなかったことにほっと安堵すると同時に、言い表しようのない不安感が襲ってきた。

目前の闇には、違和感があった。光が届かないのではなく、空間に何かが、真っ黒な何かが充満しているかのようだった。

窓の外から見えるはずの星の光や、街の灯りすら見えない。

文字通りの漆黒が教室を完全に支配していた。

その闇は、少し前までの私の高揚をかき消そうとするかのように、圧倒的な存在感と質感を持って目前に迫っていた。

あと三分。

それは、確実に闇が私を取り込むまでに残された最後の猶予だった。

逡巡しているあいだに、どんどん時計の針は進んでいく。闇はどんどん濃くなり、私を取り囲んでいく。

とうとう、心の奥底に封じ込められていた感情が、首をもたげはじめているのをしっかりと実感した。

後悔、そして、恐怖。

何か、とんでもないことを、取り返しのつかないことをしてしまったのではないかという迷いが、最後の最後に私を突き動かした。

被っていた毛布をはねのけ、一糸まとわぬ姿のまま、私は教室の外へ駆け出そうと、逃げ出そうとした。

できなかった。

私を包みこむ深い深い闇は、重く厚いコールタールのように私の全身に絡みつき、動きの自由を奪っていた。

不意に、私の頬に獣の息のようなものがふきかかり、目の前に何かがいることを私は知った。

獣のような、と思ったのは、その息が生温かかったからではない。むしろ、氷のように冷たい吐息が私の顔を覆い、そのまま悪寒となって全身を駆け巡った。

そう、それはただの風ではなく、明白な意図を持って、そこに存在していたからだ。

「やあ、ちゃんときてくれたんだね」

「君に会えてうれしいよ」

「思った通り」

「君はとても、おいしそうだ」

時計の針が、零時零分ちょうどを指した。


捜索願が出されてから二日後、その生徒の遺体は浦神学園の四一九教室で発見された。

不思議なことに、遺体は死後何か月も経過したかのように損傷しており、おまけに、皮膚の柔らかい部分だけが、獣に喰われたように損なわれていた。

そして、四一九教室は再び開かずの教室となった。

小説

残念な佐藤さんの「大みそか」

CHARLIE《チャーリー》

「ヒロシ、起きて。大掃除しようよぉ」

妻にゆり起こされる、寝ぼけたぼくの頭の中には、すでにいくつかの疑問が湧いている。

一つには、十歳若い妻のたくみは掃除が好きではなく、一人暮らしの長かったぼくが、結婚前の習慣どおり、ほとんどの週末ごとに部屋をきれいにしているから、年の暮れだからといって特別にすることはないこと。

もう一つには、確かにぼくの会社は十二月二十八日が仕事納めで、休暇に入っている。が、きょうはまだ十二月三十日じゃなかったか？　掃除ぎらいのたくみとは、確かに、大みそかに普段行き届いていない箇所をきれいにしようという話はしていたが。

さらには、三十日には二人でどこかに行こうと約束をしていた気がするのだが……思い出せない。

「なあ起きてよぉ。せっかくあたしがやる気になってるんやから。なあ！」

たくみはさらに激しくぼくをゆさぶる。

「あしたでええやん。大みそかにすれば」

ぼくはたくみに背中を向けるように、ベッドで寝返りを打つ。

「何言うてるん」たくみはぼくの背中をバチンと叩く。「十二月は三十日で終ってまうやろ。あしたから新年なんやで」

「はあ?」めんどくさいなぁと思いながら、妻のほうへ体を転がす。「お前子どものころ『にしむくさむらい』って覚えんかったか？」

三十一日がない月を語呂合わせにして、「二四六九」、そうして「十一」を漢字一字にして武士の「士」とした、ことば遊びのようなものだ。十歳若い妻。これもジェネレーションギャップなのだろうか。

「何言ってんのよ。嘘やと思うんやったら、起きてカレンダー見てみぃよ」

あくびをしながらベッドから降りる。寝室の壁に掛けてあるカレンダーを見る。

「……！」

ことばにも声にもならない驚き！　身動きが取れない。

「ほぉら」たくみの勝ち誇った声が、背後から聞こえる。「観念して起きなされ」

ぼくは洗面所に行く。顔を洗いひげを剃り、そこに貼ってあるカレンダーを確認する。パジャマのまま台所でトーストをかじる。テーブルに置かれた卓上カレンダーを見る。

おかしい。

ぼくはよく奇妙なことに巻き込まれるが、また何かヘンなことが起きているようだ。

どのカレンダーも、十二月が三十日で終わっているのだ。

掃除に取り掛かる。たくみは「やる気になってる」とは言うものの、日ごろのやる気レベルがあまりに低いので、結局はたくみからの、「あそこ汚れてる」「ここも拭いといて」という命令に従って、主に彼女の身長では届かない高い所へ、ぼくがモップを這わせた。

掃除は午前中には終わった。家族といってもぼくたち夫婦二人、気兼ねなく気楽に暮らしているので、正月のためにおせち料理をつくることもないと話し合っていた。なので午後からはリビングのソファに並んで座り、テレビで漫才を見て、大笑いをして過ごした。

夕方になるとたくみは台所に立つ。彼女はそばが好きなので、大みそかの夕食にはどうしても年越しそばを食べたいのだと言う。食べものにあまりこだわりのないぼくには、別に文句はない。

たくみは普段はほとんど料理をしない。しかしさすがにそばずきとあって、結婚してから大みそかにだけはそばをつくってくれる。ま、もともとが台所に立たない妻だから、そばから手打ちするわけではない。だが、だしのよく効いためんつゆや、こしのある麺は、わりとお金をかけて選んでいる。年末に二人でスーパーへ行くと、彼女はほかの主婦を押しのけて、そば売り場へ身を屈める。真剣なまなざしで選別をしている。そんな様子を、毎年、少し離れた場所から、他人のふりをして眺める。でもぼくはそういうヘンな妻を、珍しく可愛いことをしているなと感じているのだ。

ことしのそばも、美味かった。

ソファに並んで紅白歌合戦を見る。

「ほんまにきょうで一年が終わるんやな」

ふとぼくは、今朝の奇妙な感覚を思い出す。ほんとはもう一日残っているはずじゃないか、という疑問をいだきながら。

「ことしも一年、世話んなったね」

たくみはぼくの不思議な気持ちには気づいていないようだ。それでいいのだ。

「オレも、世話んなったな」

「あたぼーよぉ！」

口のききかたが悪く、バイオレンスでもあるたくみは、ぼくの二の腕をバチンと叩く。毎回かなり痛むのであるが、これもまあ、こいつの愛情表現なのだろうと、辛抱している。

紅白歌合戦が終わり、除夜の鐘がテレビの中から聞こえ始め、ぼくたちは寝室に行った。


「ヒロシ、起きて。大掃除しようよぉ」

翌朝……思ったとおりだ……。ぼくは素直に起き上がる。寝室のカレンダーを見る。十二月はちゃんと三十一日まである。

「きのう何した？」

さりげなく尋ねる。

「ヒロシが車を運転して、奈良のお寺で国宝の仏さま見たやん！　もう忘れたん？」

たくみの、黒目がちな瞳が見開かれ、心配しているように、驚いている。

そうだった！　きのう、十二月三十日まで、期間限定で公開されている秘仏を拝みに行く約束をしていたのだ……。

「そうやったな、ははは……」

から笑い。ぼくはしょげている。

要はこういうことだ。今ここに居る「ぼく」は、きのう一日だけ、十二月が三十日で終わる、違う次元のようなところで過ごしていて、今朝には本来の次元へ戻っている。そうして、「本来の次元」では、別のぼくが「ぼく」の代わりに、本来の次元ですべきことを満喫してくれた、というわけだ……。

「来年もいっぱいお寺や神社、行こね」

前の日と同じ場所を掃除し、同じ内容の漫才を見て二人で笑い、年越しそばは美味く、同じ曲目の紅白歌合戦も良かった。いい一日だった。

それにしても、である。秘仏を見られなかった残念を最後に、年は暮れるのであった。

■著者プロフィール
CHARLIE（チャーリー）。四十六歳。リハビリ人。アマチュア小説家。コラムニスト。人生予報士。気象予報士。
一九九六年大阪芸術大学芸術学部文芸学科卒業。
ブログ　CHARLIE'S　X～Planet of the 'GODS'～
http://ameblo.jp/planet-of-the-gods/
カクヨムさんにて結婚前の佐藤さんシリーズを掲載しています。
https://kakuyomu.jp/users/charlie1701

コメント

眉村卓先生が亡くなられました。眉村先生は、中学生だったわたしに、初めて本を読む楽しさを教えてくださったかたであり、大学時代には講義を聴かせてくださったかたでもあり、さらにときを経て、わたしのくだらない作品へ、とても厳しく的確なご指導をくださったかたでもありました。「恩師」ということばでは語り尽くせないほど、今の自分を形成するために、強く、大きな影響を与えてくださったかたでした。

先生が亡くなられて二週間が経ちました。ようやく、意識が戻りました。これまではずっと心がうつろで覆い隠されていて、地に足が着いていませんでした。意識を取り戻した今、真っ先に着手したのがこの原稿です。今の自分にとってすべきことであり、したいことでもあり、こうすることで、先生も喜んでくださると信じるからです。

眉村先生へ、何一つ、良い結果をお伝えすることができなかった無念や自己嫌悪や後悔を心に深く刻み付け、この先もモノにはならないとは思いますが、一生悪あがきをつづける覚悟が、一層強いものとなりました。

今ごろ眉村先生は、先に旅立たれた最愛の奥さまと、離れていたあいだのことをお話されているでしょう。そうであることを心より願います。

雪が降る停電の三・一一の日本で

あたるしましょうご中島省吾

私は今、東北のことが気掛りである。

東北の人々のことを考えるといつも胸が苦しくなる。

人間として差別されてはいけない日本の国民であり、平凡や、いつも大笑いして平和に暮らしている名古屋や、大阪の人々と同じ人権がある。東日本大震災はいったい何が遭ったのか。忘れもしない。私の居住地域は関東圏でもない。

東北の人間でもない。

いつも二十四時間、私の住んでいる自称地方大都市の端くれの田舎でも、一週間程にわたり、二十四時間、東北のことを伝える臨時ニュースがずっと流されていた。日本国民の痛みは共同体だと教えられるようなマスコミの報道、私の楽しみにしているテレビ番組も放送されなかった。報道される映像は、あの海から来た野獣、悪魔のような水のオンパレードの被害状況、あの津波で家が流されて、巨大貨物漁船が街中まで流されて家とぶつかり、建物がすべて壊されていく風景を観て、私は一人泣いていた。泣かずと思いきやも、そこにも人権ある人間が住んでいる。彼らのこの世の終わりのような激動の世界が、私の住んでいる平和異国とは別にあって「殺さないでくれよおぉお」と誰もが想わさせらずを得ない景色を見ると泣けてきた。


私の生活は引きこもりに近く、いつもテレビを観る習慣がある。たまたま、その日は外に出ていた。名古屋や、大阪で何もなかったように会社に勤務したり、彼氏彼女とラブラブを道なかで演じている。そのような平和人々が同じ日に近くで目撃した。自分のことで精一杯の不況時代だからしかたないものだが、家に帰るとテレビで死に間際で　叫ぶ人々の東北の風景が映される。差異を同じ人間なのにと考えるとどこか瞳から涙がこみ上げていた。

あの水の悪魔で、無常にも生き別れになった人や、持病持ちだったりしていたような人々があの水の中で「助けてくれ」と流されていたのかと考えるとこの世の終わりの時代はあんな光景だと知った。正直他地方でも一週間二十四時間のテレビ放送を観て涙がいつもこみ上げて、胸が苦しかった。


これは私の心を和らげるため考えた自己中なラブストーリ

ーである。

二人の恋人がいた。女性のお腹の中には恋人の子供が宿っていた。女性は車椅子の障がい者だった。場所は津波が襲ってきた日時の宮城県石巻市。冷たい三月の雨が降っていた。

男性の名前は翔太、年齢は十八歳だった。

「生子(たかこ)！　津波だ。逃げろ」

「翔太も知っているでしょ。私は歩けないから。君だけ逃げて。私は車椅子だから仕方ないよ」

「俺の肩に乗れ！　たかこ！」

翔太は必死だった。坂道まで生子をおんぶしてきた。坂道の下まで津波が来ていて、津波の中で家が壊れ、何かが爆発する音が聞こえた。辺りは消防や警察のサイレンが鳴り響いていた。翔太は少し太っていて運動不足の男性であった。ゼエゼエして生子を肩車して、丘の上へ来た。生子の意識はいつの間にか無くなっていた。丘の上には公園以外何もなかった。電気も水も食べ物もなかった。救助隊や医療チームが助けに来るまで三日間かかった。屋上で三日間雪が降り続いていた。みんな石巻の皆は命を伸ばすのに祈るしかなかった。翔太は気絶していた生子を宝物のように三日間きつく抱きしめて離さなかった。ドクターが来るまで宝物のように抱きしめて離さなかった。翔太は津波で何もかも壊された石巻の街の景色を意識をなくしていた生子を抱きしめたまま丘の上から見た。

生き別れ、救われ人、無常、無情。

みんなごめん。石巻のみんなごめん。

翔太も生子もお腹の命もしばらくしてから助かっていた。翔太は自分たちだけが救われていたことに泣けて来た。

翔太は一年後の四月のとある朝に「三一一」の夢を見てしまった。

となりには生子が寝ていた。

翔太はふと、気付くと心の中で詩を読み上げていた。

【大敗した世界の中で宝物】

宮城県の翔太十九歳(詩作：あたるしましょうご中島省吾)

「まりあ」
君を悲しませるもの
いつも守り続けていくから
世界中が人間として生まれてきたその生き方に混乱して
差別やいじめがほどこおる世界の中で
僕の　そばで
想い出になりそうなほど恋しくて苦しくて切ない木枯らしが吹く朝に
冷風の朝に　寝ぼけたふりで
抱きしめていよう

「まりあ」　僕を悲しませるもの
君の涙なんだ
僕は照れ屋
みんな終わった　世界中が大敗したような涙の地球世界の中で
君の寝顔を見るとこの世界に生まれてきた想い出を作りたくなる

寝ぼけて瞳をつぶり　寝ぼけたふりで
君の名を叫んだ　『僕のマリアになってほしいんだ』

「まりあ」　僕を喜ばせるもの
恋色の光
君が死ぬのが怖くて僕は
あの光を
冷風の朝に寝ぼけたふりでリクエストしよう

朝の木漏れ日が指す。
大切な命を感じて、大切な命を抱きしめたふりをしていた。

■あたるしましょうご中島省吾

（あたるしましょうごなかしましょうご）

（ジャニーズ百科事典より）http://jpedia.jakou.com/jrkansai80.html

一九八一年三月十六日生まれ。大阪府泉南市出身。十八歳までキリスト教系の児童養護施設で育つ。宗教系四年制大学中退。

関西ジャニーズ Jr.の中嶋慶介がいとこだった縁で、中嶋を通じて一九九八年にジャニーズのレッスンに短期間参加。中嶋と共に「MAIKO＆お国」のサポートメンバーとして、舞台『KYO TO KYO』にも出演した。

ジャニーズ退所後は、二〇〇三年夏まで地方のスーパーマーケット「平和堂」のチラシ広告モデルとして活動。

また、詩人としても活動を開始し、一九九九年に雑誌『PHP』（一九九九年十・十一月号）の「詩人・青木はるみ選」にて、詩作品『いのち』が佳作となる。

二〇〇三年二月には詩作品『I LOVE YOU の景色』が、愛知出版主催「即興詩人大賞」にて三三二名の応募者の中から月間大賞に選ばれ、後に『即興詩人2』（愛知出版）に収巻された他、『本当にあった児童施設恋愛』（二〇〇五年二月、中日出版社）、『もっともっと幼児に恋してください ～幼年児の君と未来を生きたい～』（二〇〇八年三月、日本文学館）を出版した。

二〇〇八年、基督協会から除名される。その後、ペンネームの読み方を「あたるしま しょうご」に変更。

『詩選集 私の代表作』（ワシオ・トシヒコ／佐相憲一 編、二〇一八年四月、コールサック社）に、中島の詩「宝石」と「名古屋鉄道」が収巻される。

二〇一八年七月、『入所待ち ～元関西ジャニーズ Jr.の独白詩～』（澪標）を上梓。関西詩人協会所属。

『耳の聞こえない人、オモロイやん！と思わず言っちゃう本』　大谷邦郎著

A5判、本文188頁

本体1500円＋税

「聞こえない人」と「聞こえる人」との間にあるバリアを壊す、「バリアクラッシュ」を理念に、手話×歌、手話×ダンス、手話×コントなどの手話パフォーマンスを発信している、一般社団法人手話エンターテイメント発信団 oioi。そのメンバーに、ある時はインタビュー、ある時は座談会を仕掛け、「聞こえる人」がなかなか知ることのできない「聞こえない世界」を紹介。メンバーの生い立ちや、時には「おならって聞こえる？」といったユーモラスな質問まで飛び交い、「聞こえない人」の生活や困り事、思いを赤裸々に綴っています。

「知ってもらう」ことから始め、両者の心のバリアを軽々と飛び越えることを目的に出版された本書。読めば読むほど、「聞こえない人」という垣根がとれ、だんだんと登場者の人間的な魅力に引き込まれる不思議な書となっています。

『いっちゃんは、ビリビリマン―「高次脳機能障がい」なオットと私の日々』　白井京子著

B6判、本文150頁

本体1500円＋税

どこにでもいる平凡で笑顔の絶えない家族を襲った悲劇。いっちゃんこと白井伊三雄さんは全国でも症例のない脳静脈塞栓症という、恐ろしい病気。助かる確率は0．1%という大手術で九死に一生を得たいっちゃん。ところが、今度は高次脳機能障がいという症状が現れて……。本書は、いっちゃんを支え続ける妻の京子さんの視点で、高次脳機能障がいな日々を明るく前向きに綴っています。目の焦点もあわず車椅子生活だったいっちゃんが立ち上がり、歩き、口笛を吹く。そしてCDを出し、コンサートも開くという過程は感動もの。障がいのある人もそうでない人も読めば元気になれる闘病記です。

投稿作品

エッセイ

爺ちゃん惚けたらあかんよ

寺本正徳
masanori TERAMOTO

突然訪ねてきた小六の孫が〝爺ちゃん惚けたらあかんよ〟と切り出す。

なんでや、また急に惚けたらあかんかて。

この前な修学旅行に行ったやろ、その時な友達同士で認知症について話したんや。

小学生がそんな難しいこと話したんか。

そやで、爺ちゃんが医者の家の子なんか、老先生が少々老人惚けの症状が出て患者さんに頓珍漢な話ばかりするんだと、ママがな通訳するんだが会話が成り立たずまるで漫才みたいだんだと、だがな古くからの患者さんで最後は笑い話で終るんだと。

そうかいな、お医者さんみたいな偉い人でも惚けはるんか、この爺ちゃんに惚けんなとは難しい相談やんか。

だけど爺ちゃんだけ惚けんなよ、惚けたらぼく等よう面倒みんで、わかっとる。

面倒みてくれんか、そんじゃあまんだ惚け爺になるわけには行かんな。

そやで、別な友達が話すにゃな、惚けの人が居ると家中が暗い空気になるんだと、他《ほか》の友達なんか少々認知症気味の婆ちゃんがいるんだがママその世話で大変なんだと。

そうか難しいこと言うけど人生の終末は「生老病死」で終るもんな、これだけは何方も拒むこと出来んもんな、爺ちゃんも

〝あんたの貴重な忠告脳天に刻んで〟生きるとするか。

そや、そや爺ちゃん年齢に負けたらあかんで散歩しいや、字を書きいや、本読めや。

散歩な、本を読めと、そう言やあ掛かり付けの先生もそんなこと話しとられたなあ。

あんな、医者の家の子が話すにゃあ〝足と脳と腸を鍛えると認知症防止〟にええと言ってた。

流石医者の家の子やな、ちゃんと知ってるやんか〝門前の小僧習わぬ経を読む〟か。

あの子学級一賢いで先生が答えに困った時なんか代って答えたりするんで、そんな子二、三人も居る。

そんな賢い学級の担任大変やんか。

でもな先生喜んで〝ありがとう〟と言ってる。

その先生よう出来とる、そんな学級にゃあ虐めなんかないやろ。

虐めなんかない人の悪口言う奴がいるとクラスのボスが止めに入る、最後はみんなで仲良しになるんで。

担任の先生もええしクラスの空気もええな。

そやで。だけどな爺ちゃん修学旅行に小遣いくれへんかったけど〝土産買ってきた〟ハイこれ。

ありがとう、なんと〝松陰串だんご〟やんか懐かしいなあ。

なんや爺ちゃん知っとったんか、今度の旅行な山口、広島やったんや、松下村塾やら、広島の原爆資料館を学習してきたが、あの原爆の惨状は見学するもんと違うと思った。

そうか小六の目にもそう映ったか、爺ちゃんも山口、広島にゃあ何度も行ったが、あの原爆資料館だけは入ったことがないんやで。

なんでなんや、一回は勉強しとる方がええかもよ。

あのなアメリカが落した一発のピカドンで何十万人もの人が一瞬にして消え、爺ちゃんの親戚の人も三人も消えたんで、広島、長崎にゃあ百年も一本の木も草も生えないと言われたが街は緑が生え外人さんで溢れてたやろ、戦後七十二年〝喉元すぎれば熱さ忘れる〟の諺通り外人さんが闊歩してたやろ、アメリカさん惨いことしたもんで。

そんなん全部整理してあとで全体の反省会するんや、それにしても松下村塾ではな「日本の産業革命遺産」やら松下村塾語録を学習してきた「今日よりぞ幼心を打ち捨てて人となりにし道を踏めかし」をだど。

ひゃあ、凄いこと学習したやんか爺ちゃんでも忘れかけていた語録よう覚えたな。

説明の人の話によると萩の小学校じゃあ、あの語録を毎朝全員で唱和しとるんだと。

そうかやっぱり萩やな、話は変るがなこの前、神社にきた大学生に広島、長崎のピカドン知ってるかと質問したら、ほとんどの学生が知らんかった。あんたらええ勉強してきた。

爺ちゃん家で祝日に〝日の丸揚げる〟とこの家右翼やと話して通るんで。

アメリカ式勉強をしてると日本人を忘れるほんま、困った時代になりつつあるなあ。

あんたらええ勉強してきた、やがて中学生になるんや〝幼な心を打ち捨て〟と仰しゃる松陰先生を学習せにゃあ、あかんでがんばって。

爺ちゃん、そんなに急に発破かけても無理やで、まんだ小学生やんか。

そやな、中学、高校でがんばれや、勉強せえや、あんた何処の中学に行くんや。

ぼくか、ぼく普通の中学、友達なんか〝どっかの私学〟に進むんだと。

爺ちゃん入学資金頼むで楽しみにしとる。爺ちゃん〝惚けんとき、認知症になりんなよ、脳を鍛え足を鍛え長生きしいや〟

ありがとう、あんたの忠告脳天に刻んで老人らしく、爺ちゃんらしく生きようか。

あんたが高校生に大学生にそしてええ嫁さん貰うまで頑張るか。

そりゃあ無理だぜ、ぼく大学行くまで生きてりゃあ、爺ちゃん百歳を越えるで。

　無理だと思うがなあ。

　そやな「無理が通れば道理が引っ込む」と言うことわざあるもんな。

　そやで爺ちゃん、婆ちゃんまんだ惚けんなや、まんだ誕生日祝いの世話にならにゃあいけんもんな。

　この前な友だちが話すにゃあ〝認知症予防財団〟とかあるんだと。もし惚けがきたら其処に相談すりゃあええと話してたで。

　まんだ惚ける訳に行かんな、近頃は〝惚け神が迎えにきたら〟「そんなに急ぐな、まんだやり残したことがある、それを仕末して往くわ」と言って追い返すことにしてる。

　そんな会話で夢中になっていたら台所にいた小四の孫が顔を出して〝爺ちゃんまんだ惚けなさんなや〟と妙に大人びた説教をしてくれた。ありがたいやら、この野郎までもと思ったりした。

　ま、この年齢になると我を張らず年齢相応に身分相応に生きさせて戴こうかいなあ。


　老いては子に従えか、人を怨むより身を怨めと言う諺もあるわな。

　爺ちゃんもな近頃は人のふり見て我がふり直せの言葉が理解出来るようになったかも。

　そやで爺ちゃん、子供の忠告だからって馬鹿にしたらあかんで、小四までもが心配してるやんか、ありがたいこっちゃ。

　ありゃあ爺ちゃんの行く末を忠告してくれる激励の言葉か、そんなら素直に受け取るか。

　そやで爺ちゃんも婆ちゃんも、ぼくらに取っちゃあ大事な身内だもんな忘れんといて。

　まあ凄い言葉で忠告してくれる、中学生になっても、その意気忘れないでな。

　そやけどまた〝おみやげ〟頼んだで。

小詩集

山の歌

いずみきよし
kiyoshi IZUMI

山の歌

ここまで来ると
山の風が
歓喜の歌に かわる

そして 私は
動けなくなり
立ちつくす

レタス

レタスが転んで 雨やどり
にんじんをふんで
走り出し

かぼちゃのかたさに
毒ずいて
キャベツのにおいに
さそわれる

少しずつ 雨もやんで
今日は
楽しいバーベキュー

とても遠くで

とても遠くで 何かの音
耳をすませば
せせらぎの音
山鳥の声

少し険しい 山道を登り
お堂様に
朝のあいさつをする

かしわ手の音が
山間に響き

私の心に 大きく響く

小詩集

大きな空

いずみきよし
kiyoshi IZUMI

あたたかい窓辺で

あたたかい 窓辺で
母と すごす
なぜか 母は
小さな声で あやまる

そんなことは ないよと
私はやさしく
いいかえす

大きな空

大きな空があって
私の心にあって

父と母がいて
笑っていて
私も 笑っていた

青い空があって
心の中にあって

母に 手を引かれた
小さな私がいて
桜咲く門をくぐった

いつも来てくれた

いつも 来てくれた
父と母

いつも 後ろにいてくれた父と母

いつも 笑っていてくれた父と母

だからもう

好きなところへ
行けばいい

好きなところへ
行けばいい

流れる雲

雲は流れて
いつのまにか
とおいところへ

時は流れて
いつのまにか
とおいところへ

人は流れて
いつのまにか
とおいところへ

広がって 広がって
ちりぢりになって
やがて静かな
青い青い
空になる

ひこうき雲

ひこうき雲は
きえていく

かすかに　かすかに
きえていく

ひこうき雲は
きえていく

たしかに
この大空を
飛んだけれど

かすかに　かすかに
きえていく

かかし

冬のかかしは
さみしそう

とても　とても
さみしそう

粉雪まい散る
畑の中で
もう用は　ないはずさ

画文

根津美術館

さかい　ゆかり
yukari SAKAI

十月下旬の土日に何度目かの東京美術館巡りひとり旅に出かけました。今回の一番の楽しみは根津美術館です。いつか必ず行こうと思っていました。新大阪駅六時四十三分発の新幹線に乗り、道に迷いながら美術館に到着したのは十時過ぎです。

入口への誘いは現代的でありながらお茶室に向かう路地のようでもあり、わくわくしてきます。桃山時代の茶陶展が開催されていて、休日でしたが人はそれほど多くなく、ほっとしました。西洋人が多い。もしかしたら外国人の方が多いかもしれません。

展覧後、庭園内のカフェで昼食をとり、庭園を散策しました。木々は高く、空を覆っています。銀杏やドングリが落ちています。都心なのに鳥たちの声しか聞こえません。四棟の茶室が広い園内に点在し、趣向を凝らした小路で行き来できます。所々に灯籠や石仏があり、それらを観ながら巡っていると時間を経つのを忘れてしまいました。次の国立新美術館に急がなくてはなりません。根津美術館は今まで訪れた中で一番好きな美術館です。


（二〇一八年）

画文

橿原市昆虫館

さかい　ゆかり
yukari SAKAI

車の助手席から冬枯れの山を眺めながら奈良県橿原市昆虫館まで夫とドライブしました。娘が小さい頃行ったきりで二十数年振りでしょうか。創立は平成元年、八年前にリニューアルしたらしい。この日、子供連れはもちろん、何組かカップルも居ました。

展示室も面白いけれど、やはり生きた虫たちに惹かれます。外国の美しい雄のクワガタたちの戦いや、夜行性の虫コーナーでは備え付けの懐中電灯で観察したりしました。温室では十一種類、約一〇〇〇頭の蝶が一年中放たれています。花々の蜜を吸ったり、メスを追いかけたりと優雅に舞っていて楽園のようです。

その日の夜、虫の夢を見ました。幼児ほどの大きさのクツワムシが出てきて何やら人間の言葉を話していました。標本を観たせいでしょう。

冬場でも暖かく、蝶や花々も観ることが出来るのでお勧めの場所です。ただし、虫の苦手な人には刺激が強すぎるかもしれませんね。

（二〇一八年）

詩

弱者の覚悟

美楽
mirake

「ええ、そりゃもう、同じ漢字圏の者同志。百年前、国中焦土と化して、残った者に何ができます？　あっという間にアメリカ合衆国日本自治区になっちゃいました。それがこの御時世でしょ。中華人民共和国日本自治区になっても驚きませんよ。漢字をいただいて千五百年ですか？　それに比べりゃ英語なんてねえ。」

　男はもみ手をしながらおべんちゃらちゃら。女はその後でせいいっぱいの愛想笑いを浮かべ、ペコペコおじぎをしている。

「うそだあーーっ」私は悲鳴をあげてはね起きた。何て夢だ、汗びっしょり。

　あの男、百年前と言ってた。大東亜戦争のことだろう。ということは、私は百歳を越え、おそらくこの世にはいない。

　でも、子供がいる、かわいい孫がいる。

　戦後「鬼畜米兵」「パーマネントはやめましょう」「一億玉砕」なんて唱えたことはケロリと忘れ、テレビで知るアメリカの家庭の豊かさに魅了された。

　そのうち、「日本がアメリカと戦争したって本当ですか」なんて若者まで現れた。

　はやり歌だって、ためらいがちに数行ずつ増えていった英語のフレーズが、今や題名も歌詞もすべて英語なんてのがある。

　この極端さこそ日本人の真骨頂だ。

「勝てば官軍」その時々の権力に阿ることで生きのびるーー弱者に他の方法があるだろうか。

　テレビの歴史番組で取り上げられるのは「英雄・豪傑」「偉人・賢人」「美女・烈女」大抵の人はこれからもれる。

　もれた弱者はどう生きればいいのか。

　過去の弱者達はどう生きてきたのだろうか。

　弱者にはどんな「覚悟」が必要なのだろうか。

作者紹介

①住所②年齢・性別③職業④プロフィール⑤コメント

寺本正徳（てらもとまさのり）

①豊中市②八十三歳・男③自称森ノ番人④自称森ノ番人として二十五年目まだ意気盛ん。高齢者だが年相応に生きる。迎えがきたらまんだ遺り残したことがある急ぐなと。⑤一、母のことよう書いてくれました。二、母の遺品インターネットで紹介したら四〇〇人余りの方が興味を示された。三、そんなことってあるんか不思議だなあ。四、自分にも経験がある。

いずみ　きよし

①神戸市②六十三歳・男③会社員④神戸市在住、星湖舎さんより、オリジナル絵本『音楽の鳥』、文藝書房よりオリジナル詩集『遠い所』を出しています。本誌の広告をご覧下さい。⑤今回は、新作。改作。色々ありです。

さかい　ゆかり

①大阪府②五十八歳・女④八尾市在住の勤労納税者です。⑤通勤時間の増加に伴い読書量が増えてきました。二回の乗り換え時間を含め五〇分ほど。往復で一〇〇分あるのでかなり読めます。時々起こる電車の遅れも読書をしていると耐えられます。電車通勤の良さですね。

美楽（みらく）

①広島県②七十歳・女③発泡スチロールアーティスト④⑤あまりむずかしく考えないで。笑って欲しくて書いたんです。米・中・露。３大大国にぐるりとかこまれて、これからどうなるんだろうなんて思ったら、笑うしかないでしょう。

作品を読んでから作品評を読むか？
作品評を読んでから作品を読むか！

『星と泉』第二十六号
掲載作品への作品評

（星湖舎編集部）

『爺ちゃん惚けたらあかんよ』　寺本正徳

毎回、軽妙な語り口で、ほのぼのとした気分にさせてくれる著者のエッセイ。ユーモアに富んだタッチのなかに、認知症問題や原爆問題などにも触れられ、ハッとさせられることも。リズム感のある読みやすい文章ですらすらと読め、孫とのやりとりに仲の良さを感じられるエッセイです。

小詩集『山の歌』『大きな空』、詩集『「出入口」よりⅡ』　いずみきよし

小詩集『大きな空』に感じられる、両親への思慕、詩集『「出入口」よりⅡ』に収録されている『かかし』に漂う哀しみと優しさ。その時々の感情を切り取って、ふわりと言葉にのせる。著者の独特な世界観が読む者を柔らかく包み込みます。言葉をとても大切にする著者の想いが伝わってきます。

『根津美術館』『橿原市昆虫館』　さかいゆかり

『根津美術館』も『橿原市昆虫館』も的確な描写と著者の視点が織り交じり、読む者の前に鮮やかな姿を現します。精緻な文章に美しい画が重なって、どちらのスポットも魅力的に映り、読むにつれて行ってみたい気持ちが高まりました。読み手の想像力をかきたてる画文です。

『弱者の覚悟』　美楽

「詩」と書かれていますが、形式はエッセイ？とも読める不思議な文章です。最初に奇妙な夢から入り、戦後のうつろう日本人の思想の流れを描いていく。最終的には弱者とは何かを突き詰め、さらにはその「覚悟」とは何か、という問いかけを読む者に投げかけています。

『星と泉』第二十五号を読んで

★コメント
T　男性。二十歳代。作家志望。
O　女性。六十歳代。主婦。
K　男性。四十歳代。学校講師。

巻頭特集『奇跡の口笛が聴こえる　～高次脳機能障害とともに、今を生きて～』

助かる見込みが殆ど無いに等しい手術をなさったのは凄い勇気です。回復過程においても、紙面に書き切れない御苦労が沢山おありだったのでしょう。夢は広がり、アメリカでの演奏やパラリンピックでの国歌斉唱を口笛でなさりたいとのこと。「人生は前向きに」を教わりました。（O）

口笛のエピソードには感動しました。私も家族の介護やリハビリを手伝ったことがありますが、支える側の家族の方は本当に凄いと思いますし、ご本人の頑張りも凄いです。こういった境遇であっても前向きに進展している話を聞けるのは、とても嬉しい特集です。（T）

良いお話でした。支えてくれる人がいることを知る、また支えたいと思える人がいることは人生にとってとても大切なことで、また勇気をもって動き出せばきっと助けてくれる人が増えるのだと感動しました。（K）

大人の文芸部外伝・マキのゆるゆるそわか『寺町レモン日和』

滑らかな文章運びに触発されて寺町を満喫致しました。様々な名店や名所旧跡の紹介が写真と共に有り、読後しばらく深い余韻が残りました。追記の河童通信も楽しく拝読致しました。（O）

京都の人間としては嬉しい記事です。ふんふん頷いたり、逆に何度も行っている場所なのに知らない話があったり、楽しめました。高校の現代文の授業で、全く同じように、現代文の先生が『檸檬』に出てきた場所を巡って、それを授業で語っていたのを思い出しました。（T）

書評特集『俳句に、今こそ詞書を』

俳句の世界は、少なからず隔靴掻痒に近いものがあるのではと、常々勝手ながら認識しています。淡泊な表現の作品だと、余計にそう感じるのかもしれません。確かに、詞書があると作者の意図が分かりやすいでしょう。が、半面、詞書無しのままで、想像を掻き立て、悩むことも鑑賞の醍醐味かもしれないと個人的には思ってしまうのです。誠に悩ましいです。（O）

ＡＩが遂に俳句を詠んだ（作った）ということですが、確かにそれを優れていると受け取るのは人間側の解釈が広いからであって、そこへ優れた詞書きを添えることは人間に利がありそうです。なるほど！と膝を打つ視点でした。（K）

書評特集『今さら……いや、今だからの「プロレス論」』

国民的ヒーローで、あんなに強かった力道山。それでも、シナリオが用意された試合もあったとのこと。今だから話せるんですね。納得のいく書評でした。（O）

プロレスがブックなのは興業である以上当たり前なのでしょうが、じゃあブックだったら誰にでもできるのかというと答えはノー。「ほぼガチンコ」とは本当にその通りだと思います。（K）

『この、緩やかで賑やかな逸脱――私の書店像』

立ち読み禁止だった時代に比べれば、書店事情は少し良くなったと思います。文中で述べておられるように、本を読みながらくつろげる場所などがあれば、もっと書店離れが防げるかもしれませんね。（O）

結局原点に戻るというべきか、稲泉少年の父上が辿り着いた形もまたひとつの正解だったのでしょうか。最近はカフェを併設する書店も増えており、それをさらにドメスティックに振り切るという戦略は「アリ」かもしれませんね。（K）

『龍涎香』

夢のような世界は一瞬で消え去り、かぐわしい匂いの微かな記憶さえ残っていない。魔法でもかけられたのでしょうか。すべては夢の中、闇の中。摩訶不思議な小説です。最後の受け取り方は読み手に任されてしまいました。（O）

結局どういうことなの、を読者に委ねる面白さはありましたが、ちょっと物足りなかったです。（K）

『残念な佐藤さんと、平成最後の年賀状』

年賀状に様々な匂いを付けるという面白い発想の物語。パンチのきいた夫婦の会話が楽しいです。「残念」の理由も、ほっこりとしていて良い仕上がりになっています。（O）

シリーズものですが、今回の佐藤さんは、佐藤さんそれ自体の残念さと、佐藤さんが残念な思いをしたというダブルミーニングになっていて面白かったです。ジャンルをＳＦにされているようですが、匂いというトピックについて、何かＳＦらしさ

があればなぁと思いました。（T）

良い意味で「アホやなあ」という短編でした。本当に三ケ月もあの匂いが続いたら、「おあずけ」を心配するより社会生活に明らかな悪影響がありそうですが。（K）

『養護施設恋愛　養護施設の友達』

感覚的な表現や屈折した表現の中に、無邪気さや、驕りめいたもの、つまり若さの特権を感じました。行間の空白の使い方が息抜きの役目を果たしています。（O）

ほぼ同じ内容の文章が繰り替えされているが、どうも技法ではなくミスのように思える。文全体の構成の見直しが必要なのではないか。作中作の導入も唐突でぶつ切りで、効果が見えない。視点の不統一も気になる。自由に筆を滑らせすぎではないか。（T）

『「CHE VUOLE QUESTA MUSICA STASERA」について』

名曲「ガラスの部屋」に乗せてのヒロシさんのつぶやき。曲の心地良さのお陰かもしれませんが、私も大好きな芸風です。優れたエッセイですね。洋画全盛期やテーマ音楽を懐かしく思い出させていただきました。（O）

芸人のヒロシさんは大好きなのですが、あの曲については全然知りませんでした。映画好きの著者ならではの視点で、一見、接点のなさそうなヒロシさんについても話題にされていて、新鮮であると同時に非常に親しみのもてるエッセイでした。（T）

へーっ！と感心して、くすっと笑えて、最後にちょっとした謎も提示してある、とても良くできたエッセイじゃないでしょうか？（K）

『初夢が正夢になった』

こんなことが、現実にあるのですね。もしかしたら夢枕にお姉さんがやってきていたのではないでしょうか。それともテレパシー。何にしろＡＩには真似できない事柄です。人間力に間違いありません。襟を正して読みたい文章ですね。（O）

タイトルの印象に反して不幸な話であったのには驚きましたが、不思議なこともあるものだと思いつつも、そうした日々のことがらから生き方という結を導くエッセイは素敵だと思います。（T）

あいかわらずお孫さんとのやりとりが良いアクセントになっています。ただ文の途中で改行する場合は読点を付けた方が良いと思います。何かのミスかと思ってしまいますので。（K）

小詩集『遠いところⅡ』『空が晴れると』『とても眠い夜』

どの編も穏やかでしみじみとした情感が満ち溢れています。自分の人生の越し方を、心静かに今一度、思い返してみたくな

るような余情のある作品です。（O）

いずれも、小学校の教科書や童話作家の絵本になりそうな、情緒溢れる作品で、言葉のチョイスも秀逸だと思いました。『とても眠い夜Ⅱ』の、集まってきたのは何だろうとか、読み手に想像させる余地を残して余韻を作るのがうまいと思います。（T）

今回は連作『とても眠い夜』がいいですね。まどろみの中にあるような心地よい虚脱感を感じます。個人的には、こういうときはあえてひらがなを多用してもらえるともっと良い気がしました。（K）

画文『東京展覧会旅行』『奈良県でのキャンプ』

『東京展覧会旅行』は展覧会での様子がよく分かりました。暑さ厳しい頃の一人旅。展覧会が好きで堪らない作者の気持ちが直球で伝わってきました。『奈良県でのキャンプ』は大峰山の結界に佇む女性の思いは様々かと。作者の考えに共感致しました。つるべ落としの秋の日、確かな写生力によって、夕光に照らされる自然林の情景が目に浮かんできます。とても素晴らしい画文です。（O）

最近の作品ですね。色々と旅をなさって画を書かれる、風雅な趣味が続いていることに敬服します。大峰山の結界についての感想は、私も全く同感です。しかしキャンプをされるとはアグレッシブで驚きました。（T）

私も国立博物館が好きで、東京に行くたびに必ず立ち寄る場所です。この構図はあそこから見た感じかな？と楽しませてもらいました。（K）

『世界税のすすめ』

破滅するでもなく調和するでもなく、危ぶまれる要素を一杯抱えながら、ある種の均衡を保っている国際経済。提言されているように、グローバル政治家の登場が最優先課題かもしれません。それによって、世界政府の実現がなされ、世界税のシステムが浸透していく。格差を無くす良い方法だと思います。（O）

税の徴収というのは国家の基礎と言っても過言ではないのだから、世界政府の樹立と世界税という発想はなるほど相関性が高いと思います。また、世界規模の問題に対処するためには世界共通の税制というのも一理ある。これまで、筆者の様々な論を通して見える背世界観には懐疑的であったが、世界税のような活動の中から世界政府設立のための重要な指針が生まれてくる、という指摘はその通りだと思う。（T）

文中にあった「経済のグローバル化に対抗するには政治のグローバル化しか道はない」というのはかなりパワーのある一文ですね。世界政府と言われてもピンと来ない私ですが、この言葉は胸に刺さります。（K）

☆星湖舎ニュース

◎高次脳機能障害に関するイベント二つ

①二〇一九年十月十三日（日）13:00～16:00
大阪市立中央図書館　大会議室にて
講演会「高次脳機能障害とは何か　障害と共に生きるとは何か」を開催いたしました。

②二〇一九年十月十四日（月・祝）13:00～16:30
大阪府立中央図書館　ライティホールなどにて
高次脳機能障害・失語症の当事者参加型イベント「まるっと文化祭」を開催いたしました。

どちらのイベントも多くの方にご来場いただき、熱気に溢れるイベントとなりました。

◎リレー・フォー・ライフ・ジャパン大阪あさひ

二〇一九年十月一九日（土）～二十日（日）、大阪市立旭区民センターで開催された、がん患者を支援する二四時間チャリティーイベント「リレー・フォー・ライフ・ジャパン大阪あさひ」に、本年度も「チーム闘病記」としてブース参加しました。多くの方に闘病記に触れていただけるよい機会でした。

◎ちゃやまちキャンサーフォーラム2019

二〇一九年十一月二日（土）大阪梅田にある毎日放送一階ちゃやまちプラザで開催されたがん検診啓発イベント「ちゃやまちキャンサーフォーラム2019」に、本年度も「チーム闘病記」としてブース参加しました。

◎『いっちゃんは、ビリビリマン』の出版記念パーティ開催

二〇一九年十一月二十二日（金）19:00～大東市立サーティーホールにて『いっちゃんは、ビリビリマン』の出版記念パーティが開催されました。一〇〇名ほどの参加者があり、アットホームなパーティでした。

新時代の全方位型投稿誌

星と泉　第２６号

２０１９年　１２月２５日　発行

発行者：金井一弘
発行所：株式会社星湖舎
〒５４３-０００２
大阪市天王寺区上汐３-６-１４-３０３
ＴＥＬ.０６-６７７７-３４１０
ＦＡＸ.０６-６７７２-２３９２

編　集：田谷信子
編集協力：近藤隆己、藤原日登美
装　丁：藤原日登美

印　刷：株式会社国際印刷出版研究所

ＩＳＢＮ978-4-86372-113-5